夏

冒险去，鲁滨孙！

缤纷四季之旅

［韩］咸允美　文慧真　许文善　著

［韩］李宇逸　绘　　千太阳　译

人民东方出版传媒

People's Oriental Publishing & Media

東方出版社

The Oriental Press

卷首语

夏天来了，万物都开始蠢蠢欲动。

烈日将马路都要烤焦了，田野里的青蛙、中午的蝉也纷纷开始喧哗。

我们都会在这个夏季里沸腾起来。

如果没有这样的夏天，我们有可能也会像漫画里的小狗一样，每天都过着无聊又枯燥的生活。

让我们系上毛巾，背起行囊，向着田野、青山、大海或者其他有趣的地方出发吧。快来一起享受夏天！

如果遇上雷阵雨，那就跟它愉快地招招手，因为即使是在阴雨绵绵的时候也应乐在其中。如果你看到山羊在河边漫不经心地吃草，那就把双脚泡进河里去嬉戏，这段旅程一定会不亦乐乎。

你听到那些声音了吗？

吐着舌头昏昏欲睡的小狗的喘息声，蛐蛐儿的合唱声，山谷里潺潺的小溪声，翻涌的波浪声以及七月的杏子在不知不觉中慢慢成熟声。夏天的声音盘旋在我们的耳边低吟私语着。

一阵微风过后，田野里的野花、荞麦仿佛一夜绽开，都在向我们招手，就好像梦境一般。

跟着好奇心极强的鲁滨孙一起出发吧，看着他横冲直撞，必然兴奋又刺激；跟着爱好钻研的鲁滨孙一起出发吧，我们可以发现一个又一个隐藏在夏日里的科学秘密。

我们可以了解水汽蒸发解暑降温的原理，也可以知道讨人厌的蚊子的秘密，还可以知道夏季天气多变的原因，并且体验到祖先们聪明智慧的避暑方法。让我们赶快和鲁滨孙一起开始夏日的狩猎吧！

咸允美，许文善，文慧真

目录

1 多变的天气

2 逃出夏日

3 鲁滨孙的日记

4 神秘的大自然

附录 实验室

第一章 多变的天气

快如闪电的夏雨

“哦……哦……不……不行……”

鲁滨孙突然睁开双眼，发现出了一身汗，衣服都湿透了，心也被吓得扑通扑通乱跳。

“哈……哈……原来是场噩梦啊！”

鲁滨孙梦到去年旅行，飞机在飞行的过程中，竟然出了故障，在空中不停地旋转然后向地面坠落的情形。

“啊……这梦太真实了！尤其是那发动机的声音……”

鲁滨孙用双手紧紧捂住耳朵，就像发动机的声音还一直不绝地在耳边轰轰作响。

鲁滨孙想了想，感觉有些奇怪。

“飞机上怎么会有发动机的声音呢？可是刚才听到的明明就是啊。”

就在这时，耳边又响起了嗡嗡嗡的轰鸣声。

嗡……

夏天
春分、夏至、秋分、冬至等随着气候的变化把一年分为24等分，这叫做节气。一般所说的夏天是指从白天最长的夏至（6月21日左右）到昼夜长度一样的秋分（9月23日左右）之间的时期。
但是最近几年，酷暑到来的时间要早一些。一般，在月份上认为6月至8月是夏天。

“这声音是……”

鲁滨孙抬头一看，有个东西正在他头顶上盘旋着，不走也不落，就那样绕着他飞来飞去。

“啊？原来是只苍蝇！”

气得鲁滨孙跳起来就要拍它，还边跳边嘟囔着。

“你这小东西，要是被我抓到了看我怎么对付你！”

再看这只苍蝇，它毫不示弱，速度惊人并且反应灵敏，那发动机似的轰鸣像是要扰乱敌人，不，是扰乱鲁滨孙。

眼看着就要拍到了，可是那只苍蝇实在狡猾，竟然跑了。鲁滨孙气急了，找来电苍蝇拍，在房间里追着那只苍蝇撞东撞西。

也不知跑了多久，鲁滨孙实在是没力气了，而那只小苍蝇在空中看着气喘吁吁的鲁滨孙，轻快地拍着翅膀悠闲地飞走了。

“站住，你给我停下！”

鲁滨孙气得肺都要炸了，小小苍蝇竟也能如此戏弄他，这传出去还了得，非被人笑掉大牙不可。“呼……”想着想着鲁滨孙居然睡着了，可能刚才追苍蝇追得太累了，躺下便打起了盹儿。就在这会儿，只听，“嗡……”那只苍蝇又来了，还专门跑到鲁滨孙的耳边制造噪音。鲁滨孙腾一下就精神了，那只苍蝇见他醒了，又不慌不忙地飞走了。

鲁滨孙很是无语，闷热的天气增添了人的

心烦意乱，他感觉浑身黏黏的，细细的汗珠也在逐渐变大，尽管用毛巾擦了一遍又一遍，可根本不管用。难道夏天就是为了从人的身体里挤出汗水才得以存在的吗？

鲁滨孙感觉烦躁到了极点，想接着睡，但是因为这鬼天气，他翻来覆去怎么也睡不着。

实在受不了了，鲁滨孙起身打开窗户通通风，让外面的凉气进来些，改善一下屋内环境。结果，窗户刚打开一点，一群蜉蝣像终于逮着机会了一样，汹涌而至，飞进了屋里。

“这些可恶的蜉蝣也太猖狂了吧？尤其是今天。嗯？难道要下雨了？”

鲁滨孙一边自言自语，一边迅速地挥着手驱赶那群蜉蝣。他知道蜉蝣突然多起来或蚂蚁成群结队地爬着，就预示着快要下雨了。

“真希望赶紧下场雨，一场大雨。”

蜉蝣那么多，一时半会儿也赶不走，算了，由它们去吧。鲁滨孙趴在窗台上仰望天空。一朵朵的碎积云一动不动地拥挤在一起像是等候命令。

“嗯？这是什么味道？”

鲁滨孙突然问道，有一股酸酸臭臭的味儿在飘荡，他四下里望了望，发现有个下水道，虽然用盖子盖着，但是也阻挡不了臭味往上蹿。

“原来是下水道啊。湿度高了，氨的气味也变浓了。看来真要下雨了。”

湿度之所以会高，是因为天上的云多了，

不快指数

在夏天，当气温超过30℃的时候，人往往会因为一点点小事而大动肝火，这可能是由湿度造成的。在高温情况下，如果湿度也很高，那么排出来的汗水就无法及时蒸发，因此人体也就无法正常调节体温，从而人的心情会感到不愉快。不快指数就是指不愉快的程度。相反，如果同样是气温很高的酷热天气，只要湿度不高，那么不快指数也就不会升高。

阳光不能完全照射大地，这样氨气等气体就会因无法蒸发而扩散在地面附近，导致气味很重。

鲁滨孙环顾四周，心里期待着能快点下雨。这时他想起了去美容院做头发的妈妈，不禁摇摇头一声长叹。

“唉！这种天竟然还去烫头发。要想今天弄成菩萨那样卷卷的发型看来是没那么容易了！”

“不过我也蛮可怜的。我的暑假竟然要这样度过。天哪，我的命怎么这么苦啊！”

鲁滨孙懒懒的身体再次躺在地上，拿起扇子对着自己的脸猛烈地扇着。

忽然，有阵凉风从窗户吹进来，接着就听到了哗啦啦的下雨声。

他急忙站起身来到窗台。外面已经哗哗地下起了倾盆大雨。

“嗯，这还差不多，感觉舒服多了。”

他伸出手去接房檐上滴落的雨水。

“哈，好清凉啊。下吧，下吧，就这样不停地一直下吧！”

听着打在屋檐上的雨滴声，像炒豆子似的，啪嗒啪嗒，真是像极了轻快的钢琴演奏声，太美了！

突然，他想起了妈妈临走时交代的一句话。

“要是下雨的话，千万别忘了把酱罐的盖子盖上。”

糟了，这可怎么办！完全忘记了，只想着下雨快活了。

下雨天真的不能烫卷发吗？

近日，有越来越多的人想拥有自己独特的发型。所以美容美发店的顾客也渐渐多了起来。但是，总有那么几天，美发店的客人会比平时少。这就是下雨天。

说下雨天不烫发是有一定道理的。下雨的时候，我们的头发会吸收水分，体积会增大至1.5倍左右。所以如果选在雨天烫发的话，卷发膏的成分并不能充分渗入到头发里，从而直接影响烫发的效果。

“哎呀，我怎么这么笨啊！”

明知道要下雨，却还忘了把酱罐盖上。鲁滨孙狠狠地捶了自己的脑袋一下，疾风般地冲了出去。

“酱罐里要是进了水可就全完了啊……”鲁滨孙在心里呐喊着。

可是就在马上要跑到酱罐跟前的时候，雨竟然停了。

怎么会出现这种情况？面对变化无常的天气，鲁滨孙哭笑不得，不知该高兴还是该大发雷霆。不过这会儿他可没有时间顾这些，还是先赶紧看看酱罐吧。

啤酒里为什么要有泡沫？

将啤酒倒入酒杯的时候会有泡沫产生。这些泡沫是由于溶在液体里的气体受到了冲击或者温度上升而溢出来形成的。这些泡沫还是有好处的，一来可以防止啤酒里的二氧化碳溢出，二来也可以防止空气中的异物浸到里面。

销毁“罪证”

“就下了一会儿，应该没多大事吧……”鲁滨孙一边安慰着自己，一边小心翼翼地往罐子里望去。

“啊！”

他大叫一声。发现罐子里已经进去很多水。鲁滨孙气得直跺脚。

“啊！讨厌的雷阵雨！坏死了！坏死了！”

鲁滨孙手拿罐子盖绝望地叫喊着。心想，这下完了，妈妈回来肯定又是噼里啪啦地把自己一顿臭骂。本来妈妈就已经对鲁滨孙感到不满了，放了假什么事也不干，就知道玩，这下可好了，自己已经给她创造唠叨的条件了。好几天前他都在琢磨着怎么讨好妈妈，以争取出去旅游的机会，现在看来都泡汤了……

“老天爷啊，你为什么要给我这么严酷的惩罚啊？”鲁滨孙发疯似的抓着脑袋上那无辜的几根头发，向天空抱怨着。

突然，一阵电闪雷鸣。震耳欲聋轰隆隆的雷声大作，紧接着一道闪电，划破天际，似乎要照亮整个世界。就跟天空漏了电一样。

“哟？老天爷发怒了吗？难道还有一场雷阵雨？”

他担心这样会被雷劈到，赶紧盖上酱罐，转身就走。

酱罐的腰为什么是鼓出来的呢？

第一，看起来好看。第二，制作方便，而且在窑里烤的时候不容易变形。第三，能均匀地吸收太阳光，维持罐子内部的温度。有利于食物的发酵与贮藏。第四，体积相同的条件下，如果腰部鼓出来，高度可以设计得更低些，那样罐子的重心也就会更低，不容易被推倒。

←一开始就给大家造成恐怖氛围的鲁滨孙！
性别：男
年龄：不详
职业：学生
兴趣：在家里辗转无所事事
特长：挖鼻屎贴在别人背上
想说的话：“热死了，别跟我说话！”

"轰隆！"

"嚓！"

又一个电闪雷鸣从天而降。

"妈呀！"

鲁滨孙吓得撒腿就跑，躲到了柿子树底下。

"哎呀，打雷的时候不能站在大树底下的。我这不是找死吗？"他又急忙跑进了屋。

等了一会儿，雷没有了，反而是太阳公公出来了，露着个小脑袋偷偷笑着。

这天气变得也太快了吧！鲁滨孙坐在门口开始深思：如果妈妈看到酱罐进了那么多雨水，肯定会唠叨个没完的，我也就甭想去旅游了。

"有了。趁妈妈还没回来，赶紧把那些雨水倒掉不就行啦！"

他立刻找来把勺子，兴奋地跑到酱罐旁，然后又愣住了。要想把罐子里的雨水舀出来并不是件容易的事。稍有不慎雨水就会渗到下面去，这可是一个非常棘手又需要高超技术的事情。

"啊，怎么办啊？妈妈快要回来了。"

鲁滨孙绞尽脑汁回想着之前看过的所有漫画书、科学杂志等，可是酷热的天气完全堵住了他的思路，怎么也想不出一个万全之策。

"啊，是因为中暑还是因为什么？怎么一点办法也想不出来啊！"鲁滨孙抓着头发苦恼着。不小心脚下踩到了什么东西。原来是只水枪。

"什么玩意儿？一边去！"

为什么只有夏天才会出现闪电和打雷呢?

阴云里能产生电离子，这些电离子互相摩擦就会形成闪电，闪电会把附近的空气烧热。被烧热的空气开始非常迅速地膨胀，然后再与冷空气发生碰撞，此时雷声就出现了。所以闪电和雷声只会在温暖又潮湿，且气流不稳定的夏季形成。又冷又干燥的冬季尽管能下雪，但是不会形成雷电。

波义耳定律

波义耳定律是指压力与体积的乘积为常量。也就是说压力与体积是成反比关系的。科学家将这一定律运用到了我们生活中，比如医院里所用的注射器。为了把水吸进注射器，人们会拉动上面的活塞。这样注射器里的体积就增加。此时根据波义耳定律，体积如果增加，压力就会减小。结果周围的压力比注射器里面的压力要大，那么水自然就会进入注射器里面来了。

气得鲁滨孙一脚把它踢飞了。刚踢走，猛然间他似乎想到了什么。

“啊，有了。我怎么就没想到用它呢？”

鲁滨孙立刻跑向院子捡起那只水枪。

这还是前几天弟弟玩水的时候丢下的，样子很像注射器。

鲁滨孙将水枪对准酱罐里的水，往后一拉活塞，罐子里的水慢慢地就被吸进水枪里了。

这样反复吸了几次后，一多半的水都没有了，只剩一小层还留在里面。

“这种程度差不多了吧？ 不行不行，得把罪证完全毁掉。”

鲁滨孙跑进屋，拿了卷手纸出来。然后将手纸的一头浸在酱罐里面。

“还是卷纸吸水力最强。这能算是毛细现象吗？”

卷纸一下去很快就把剩余的水都吸干净了。

“哈，这下总该没有破绽了吧？罐子口也太小了，放卷纸都费劲。”

水吸完了，鲁滨孙也终于轻松了，把两位“大功臣”水枪和卷纸放回了屋。

风扇变空调

“哈，差点就白干了。”

一场突如其来的小意外竟能这么快摆平。

鲁滨孙对自己的表现感到非常满意。

“啊，耗了那么多脑细胞，热死了。”

他用手使劲扇着风，经过厨房的时候，不经意地往里瞥了一眼，然后站在那里，好像发现什么好东西似的，脸上露出得意的笑容。

“哈哈，差点忘了，这里还有你这个冰箱呢！”

鲁滨孙笑嘻嘻地走过去，打开冰箱。啊，原来他让冰箱给他降温呢！只见他将脸伸了进去，顿时感觉到一阵寒气袭来。

“嘻嘻嘻，实在太凉快了。”

嘀嘀嘀！嘀嘀嘀！

冰箱发出警告声了。

“知道了，知道了，马上关上。”

他刚要把头伸出来，看到了里面的西瓜。

“吼吼吼……里面还有个西瓜耶。”

鲁滨孙嘴里发出奇怪的声音，抱出了那个西瓜。其实，他只要一看到好吃的，就会有奇怪的声音从肚子里冒出来，一般人都不知道他这个习惯。那情景就跟猴子见了香蕉发出啧啧啧的声音似的。要知道鲁滨孙可是非常贪吃的哦！

“吼吼吼……吼吼吼……”

他抱着西瓜，在厨房这儿看看那儿瞅瞅，最后小心地将西瓜放在了饭桌上。

“样子还挺好看的。”

他弓起手指敲了几下西瓜。砰砰砰……听上去很清脆。

冰箱的原理

冰箱是移动热量的机器。试一下把酒精抹在手上，用嘴吹口气，就会有种清凉的感觉吧。电冰箱就是利用这种原理制成的。当液体转变为气体的时候会失去热量，从而变冷。

湿度真的能左右皮肤和性格吗?

湿度不仅影响着我们的生活，还会使我们的性格和皮肤发生改变。一般生活在湿度低区域的人，皮肤看上去较薄，肤质较好，性格还很开朗。蒙古马和阿拉伯马之所以举世闻名，就是因为生长在湿度低的地区，肤色才细腻有光泽，很漂亮。

“很久没发功了，试试我的功力退步了没有。”

鲁滨孙抬起了右手，五指分开，全身运气，似乎要将所有力量都集中在那只手上。

“一，二，三，哈！”

鲁滨孙一掌劈下来，顿时，啪的一声，西瓜被砸得稀巴烂，饭桌、锅碗瓢盆，可以说是厨房的各个角落，都是西瓜的“碎尸”。

“哈哈哈，看来无敌手鲁滨孙依然存在。想必没有人能敌得过我的功力！哈哈哈。”

鲁滨孙满意地大笑着，拿起一块西瓜狠咬一口。

“嗯，真甜啊！”

一种幸福感油然而生。想想看，假如让他放弃做个吃货，那么他的一生中还能剩下什么呢?

感觉这样吃得不过瘾，他干脆拿了把大勺子，一勺一口贪婪地往嘴里送着。

“我还是拿到我房间吃吧，那样会更舒服的。”

鲁滨孙拿着勺子和一半西瓜进了房间。风扇还在独自慢悠悠地转着。

“这也叫风？”

他伸出大脚趾，对准强风按钮使劲按了下去。

天一热，鲁滨孙的那个愿望就从脑子里显现出来了：家里要是有台能出嗖嗖冷风的空调该多好啊！但是每次说出自己想法的时候，妈妈的回答都是一样的。

“就是因为空调把屋子里的热量都放出去了，所以外面的气温才会越来越高。”

“没办法啊！”

带着失望的心情，鲁滨孙坐在风扇跟前，迎着吹出来的热风，掰了块儿西瓜，思索着。哈哈，有了，他想到了一个好主意。

“对了，下过雨之后，院子就会变得很凉快。”

想到这儿，鲁滨孙噔噔噔跑进浴室，把两胳膊弄湿，然后又噔噔噔跑回来坐在了风扇跟前。

“哈哈哈，好凉快哦。这不就是利用汽化热将风扇当成空调使用的制冷方法吗？我鲁滨孙真是科学界的天才。”

鲁滨孙胳膊上的水分在蒸发的同时带走了上面的热量，所以就会感到很凉快。

“还是让冷风来得更持久一些吧。”

这次他拿来了沾满水的毛巾，然后搭在了风扇网上。

“哟呼，再没有比这还凉快的风喽！”

鲁滨孙吹着凉风，跷着二郎腿吃着西瓜。

凉快的风，饱饱的肚子，被幸福围绕的鲁滨孙，慵懒地伸开双臂躺在了地板上。望着天花板，他又开始策划自己之后的旅行梦。

“这回必须旅行一趟，要么坐回船试试？听说地中海的海滩美丽极了……”

想到旅行，他的热情又被激发了出来，那

古时候也有冰箱吗？

古时候也有冰箱。虽然跟现代的电冰箱有所差异，但是那时候的人们为了在夏天里消暑，想了个办法，那就是用石冰库。冬天的时候，采集大量的冰，然后储藏在洞里。在储藏冰之前，为了防止冰块儿粘在一起，人们先垫上一层 1－2cm 厚度的米糠和松叶，然后将冰块切成宽 70－80cm，长 1m，厚 60cm 左右的长方体，最后一层层地堆上去。这样一来，冰块既不会融化也不会粘在一起。人们就可以很凉快地过夏季了。

什么情况下不能开着风扇睡觉?

在前后不通风的空间里如果开着风扇睡觉的话，呼吸速度会变快，从而导致供氧不足，甚至危及到生命。还有就是在喝酒之后，如果一直吹风扇的话，体温会迅速下降，对新陈代谢带来不良影响。因此，如果你喝了酒，如果你处在一个不通风的空间里，就不要开着风扇睡觉，那是非常危险的。

架势就像马上要出发一样。此时，他的心早已飞去了美丽的地中海沙滩，在露天咖啡厅享受着温暖的阳光的抚摸。

“不能再这么待下去了。”

鲁滨孙腾地一下站起来，脱掉上衣看着镜子里的自己。然而现实还是有那么点残酷。

无精打采的眼神、苍白的脸、乱蓬蓬的头发、骨瘦如柴的胳膊和腿，以及像搓衣板似的肋骨。

鲁滨孙鼓足勇气，重新审视着自己，用力瞪眼、斜着眼、把眼眯起来……做尽了各种动作和表情之后，他猛然大喊一声。

“啊。一定要在旅行前好好锻炼身体。”

说完，鲁滨孙立即趴在地上，做起了俯卧撑。

一百零一，一百零二，一百零三……

没多久，他就累得趴下了。

“啊！这也不简单啊。”

别样的避暑方法

鲁滨孙趴在地板上翻着旅行杂志，突然眼前一亮——南极的冰山。

“哇，要是能咬上一口估计会凉透全身吧！这座大冰山够几个人吃呢？假如家里有这个就不需要空调了。”

鲁滨孙死死地盯着冰山的照片，用舌头舔了一圈嘴唇，咽了下口水。

“啊，想吃冰棍了。”

鲁滨孙爬起来走到门口，发现外面的太阳正毒辣辣地发射着光芒，为了买根冰棍被太阳烤一路，估计买回来也就化掉了。

“唉，还是不去了。”

鲁滨孙苦恼着，心里想着冰棍，想着想着，想到几天前在科学杂志上看到过一个“制作冰棍的方法”。

“没错，确实有过。”

鲁滨孙兴致勃勃地开始寻找那本科学杂志。

“啊，找到了。看看都需要准备什么，有冰、盐、饮料、量杯、勺子、木质筷子、锤子、报纸、泡沫塑料碗、杯子……”

他拿上杂志一头扎进了厨房，到处搜寻，

什么是温室效应呢？
是指空气中的水蒸气、二氧化碳等气体起着将地球的温度上升的作用，就像玻璃一样。
也就是说，吸收太阳光的地球表面在将所受到的光辐射出去的时候，红外线会被水蒸气和二氧化碳吸收，然后被吸收的红外线会以热量的形式重新向地面发射出去。
二氧化碳、甲烷、二氧化氮等都是促使温室效应的气体。

以热制热

人们说热的时候如果多做运动，出汗后会特别舒服。而实际上不是这样的，夏天如果运动过度的话，身体会因为水分的流失和体温的上升而发生危险。比起这些，倒不如吃一些暖和的食物更好。所以我们的祖先经常在夏天吃参鸡汤、养生汤等热性食物。特别是在中暑的时候，喝热水是非常有益身体的。

准备着材料。

“量杯就用玻璃杯代替吧，但是泡沫塑料碗到哪儿去找呢？书上怎么也不标注一下这种材料哪儿有卖的啊！”

正埋怨着，鲁滨孙发现已经吃完的桶装泡面的碗，还是昨天吃完没收拾的。

“嘻嘻嘻，还好有你在。”

鲁滨孙对照着杂志上写的制作冰棍的方法，行动了起来。

“冰块最好是用干的毛巾裹起来，用锤子打碎。力度要适当，冰块不能太大也不能太碎，如果太碎会容易化掉，不易观察盐接触的地方……”

将冰块打到一定程度之后，鲁滨孙把它们装进了方便面碗里。然后投入冰块儿量三分之一的食盐，用筷子搅拌均匀。当冰和盐混合的时候，会产生吸热反应，温度会降至零下23℃。

“这样应该就好了吧？”

他把装有饮料的杯放进方便面碗里。

“大功告成。再等一会儿就OK了。时间啊，快点走吧。让我赶紧吃到可口的冰棍。”

过了一会儿，实在等不及了的鲁滨孙慢慢拿起饮料杯。

“看一下。哇哈！哇哈哈哈！”

鲁滨孙惊奇地大叫着。太神奇了，饮料竟然冻成冰棍了。他拿出冰棍，迫不及待地尝了尝。

“嗯，就是这个味儿。”

开始大口大口地吃起来。这可是他平生第一次制作冰棍，结果还很成功，这让他明白了一个原理：冬天下了雪后，公路上之所以会撒盐，原来是为了降低雪的冰点使得雪并不容易冻住。

鲁滨孙对自己今天的成果感到很开心，很满意。

吃完冰棍后，尽管外面的天气热得让人无法忍受，但是鲁滨孙照样出了门，因为他要去借旅行杂志。不过他刚出门就后悔了，马路上烫得能把生鸡蛋煎熟。

鲁滨孙又买了根雪糕，贴着墙根走在阴凉处，不一会儿，他发现了一个好地方。

“就是那儿了。”

原来是家银行。

鲁滨孙一口吞下剩下的雪糕，以百米冲刺的速度冲向那个有空调的地方。

一推门，清凉顿时扑面而来，在银行坐着的人还挺多。

“我怎么就没想到呢？”

鲁滨孙没有忍住激动的心情，大声说了出来。旁边站着的保安上下打量着他。鲁滨孙也看着保安，心里一惊。他灵机一动，就在保安刚要开口说话的时候，跑到取号机取了一个号码。

这次，窗口的女职员也看向他，眼光同样很奇怪。

“不是吧？这么快就看穿我的诡计了？为

给冰吹风扇，冰为什么会融化呢？

那是因为比起冰的温度（0℃），风扇所产生的风的温度（20℃－30℃）更高。对于冰来说，风扇产生的风就像吹风机里吹出来的热风一样，冰会吸收风的热量而加速融化。

什么大家都这样看着我，真不爽！”

那位女职员欲言又止。

“哼，我一定要待到连脚底都凉快了再走。说不定这一次能把身上的痱子治好呢，何乐而不为啊！”

鲁滨孙不顾他人投来的怪异眼神，坐在了空调前面的椅子上。

刚一坐下，他觉得自己仿佛来到了暴风雪肆虐的西伯利亚平原。

这时，保安一步步向他走来。鲁滨孙不由得感到自责，向他投去哀求的目光。结果，那保安走过去了。鲁滨孙悄悄松了口气。打开杂志刚要看，空调不转了，凉风立即消失了，那个保安竟然关掉了空调……

“呵，什么意思呀？歧视我吗？”

好不容易找到个有空调的地方，居然还给关了。

“哪有这样的？不是顾客至上吗？尽管我什么都没带，但是……”

鲁滨孙气得坐那儿喃喃自语。抬起头想跟那保安说点什么，却发现所有人的视线都转向了他。看了看四周，银行里只有他一个顾客了。当鲁滨孙慌张得不知所措的时候，女职员明朗的声音响在了银行大厅。

“今天的营业时间已结束。感谢各位来到我们银行。我们会以最亲切……”

“什么？营业时间结束了？”

为什么有些冰是透明的，有些却是白色的？
冰一般是在0℃左右形成，并且从中心向周围依次冻住。当全部冻住的时候，周边部分呈透明状，而最后冻住的中心部分则显得发白。这是因为封在冰里面的球状气泡散射光线而导致的。而周围透明的原因是因为那部分并没有气泡，光能直接透过冰。

鲁滨孙感到十分尴尬，转身开门跑了出去。

“我怎么这么点儿背啊！”

刚出银行，就又回到了被太阳蒸的世界。

“结局竟然这么悲惨。三伏天真不是个好东西。”

他自言自语，找了个有台阶的阴凉处无力地坐下来。看着路上过往的人群，鲁滨孙想从中找到能够避暑的最佳方法。可是他有些失望。在酷热的大太阳下，个个脸红的都跟猴屁股似的，大颗的汗珠肆意流淌，面目狰狞，急匆匆地走着。

“哇，看看那个胖子流那么多汗。要是一路给他接着估计能有一桶。”

鲁滨孙觉得，还是自己比较幸运，看来长得瘦也不是没好处。

这时，一位小肚子鼓鼓的女性穿着露脐装从他眼前经过。

“哇，真恐怖，肚子这么大还敢穿露脐装。再说肚脐也没有汗腺，露出来也不会凉快到哪儿去……咳，那样只会拉肚子……”

鲁滨孙不禁吐了下舌头。紧接着那边又走过来一个长头发的女人，头发长得已经到了腰际。

“那女人不热吗？这天儿还散着那么长的头发，即便是女鬼也会在夏天把头发梳起来的。”

看到这儿，他脑子里又冒出个奇怪的想法。

“恐怖电影，就是它了！看恐怖电影身体会觉得冷，就跟在寒冷环境里的感觉一样。”

痱子

痱子是一种皮肤病。出了很多汗之后没有将汗水正常地蒸发掉，或者因为汗腺堵塞，使得汗水不能及时排出，从而引发红色的丘疹，这就是痱子。

如果身上有痱子，切不可用热水清洗，否则痱子会迅速扩散，最好用温盐水。另外，将新鲜的黄瓜横向切一半，用切面抹在有痱子的部位也可以起到很好的治疗效果。

身体胖的人为什么会比常人流更多的汗呢？
身体胖的人，稍微动一动就会大汗淋漓。他们的皮下脂肪要比身体瘦的人厚很多，所以更容易积蓄热量。因此为了散热，身体胖的人比瘦的人更容易流汗。

鲁滨孙一路奔跑着来到光盘店，气喘吁吁地问老板：“大叔，有没有最惊悚的恐怖电影？”

也许是店老板看电视太认真了，看都没看他一眼。

“大叔，有没有恐怖电影啊？”

鲁滨孙又一次问道。可是老板还是不理他。

“老板！怎么不把顾客当回事啊？”

那人慢慢地把头转过来。鲁滨孙瞬间感觉汗毛都竖起来了。只见这个人有着一字形眉毛，尖锐的眼神，狰狞的面孔，典型的凶神恶煞的罪犯形象。

他还是一句话不说，只是抬了抬下巴，示意鲁滨孙看墙角。

“难道换老板了？”

鲁滨孙带着一丝恐怖一丝疑惑，慢慢地向着那人指的方向走去。

“哇，竟然有这么多恐怖片啊。”

他随便拿了盘出来，看了看内容简介。

“啊……这么吓人。”

他拿着光盘犹豫了半天。之前已经下定决心要看了，现在却又感到害怕了。

“哎呀，有必要这么做吗？”

为了让身体凉快些，看恐怖电影？肯定会很害怕的。这不是在折磨自己吗？鲁滨孙感到自己好可怜。可是不这样又有什么办法呢？只要能避暑，豁出去了。

“一共多少钱？”

鲁滨孙把选好的三张光盘放在柜台上问老板。这时老板微微一笑，露出不怎么好看的白色虎牙。

“这个怎么样？这个电影更恐怖……”

老板的声音就像用硬币划玻璃窗似的，尖锐又嘶哑。

“不，不用了。这个就行。”

鲁滨孙的声音有些发抖，迅速付钱跑了出来。

“呼，这大叔怎么让人感觉那么恐怖啊！”

肚脐也会出汗吗？

穿露脐装是因为肚脐出汗吗？当然不是。肚脐是不会出汗的。因为肚脐没有汗腺。穿露脐装只是为了好看。但是经常这么穿的话容易患腹膜炎。

恐怖电影特辑

“不，不行。不要去那里！”

看着电影里的画面，鲁滨孙不由得低声呻吟起来。

为什么在夏天看恐怖电影能消暑呢?
看恐怖电影的时候，身体会出现跟身处寒冷环境一样的反应。大脑会感知到冷，所以有人在夏天看恐怖电影来消暑。

咕嘟咕嘟。

鲁滨孙咽了口唾沫，心脏也不由得急速跳动着。

他想闭眼，又怕起不到降温的效果，默默地鼓励自己一点情节也不能错过。

他一手拿着啤酒，一手拿着鱿鱼干，渐渐陷入到电影情节里。此时已是深夜，怕被妈妈发现骂自己半夜不睡觉还看电影，于是鲁滨孙把电影声音调小，屏住气偷偷地看着。

画面里的诡异事件，配上阴森、瘆人的音乐，身体不由得一阵哆嗦，像被电击了一样。鲁滨孙脸上没有血色，浑身的汗毛都竖了起来。

又是什么人面临死亡了！

腿脚颤抖，脊背发凉。

电影里的恐怖音乐由远及近，渐渐地，像是在耳朵边回响。

咚咚咚咚。

在这寂静的夜，鲁滨孙听到了自己的心跳声，感觉有些眩晕。

“不行。不要开门，不要。”鲁滨孙低声号啕着。

有什么东西正在从主人公的背后慢慢移动。鲁滨孙的心跳都快要停止了。

这时，鲁滨孙有种不好的预感。

似乎有什么人在注视着自己。瞬间，恐怖的气息笼罩了他。他感觉周围有一个影子一动不动地在那儿站着，苍白的脸，只有两眼在左右移动。

鲁滨孙努力让自己的精神回到电影里，可奇怪的是，他怎么也不能集中注意力，扭头寻找注视自己的那个东西。

一阵凉风吹过，鲁滨孙身体顿时僵住了，冷汗四起，他再也无法把注意力放在电影里了。

嘀嗒嘀嗒。

只能听到钟表冰冷转动的声音。

嘀嗒嘀嗒。

钟表的声音越来越大，响彻整个房间。

不知什么时候，鲁滨孙已是满脸冷汗。

他一动不动地两眼直勾勾地盯着电视屏幕。当然，他的眼睛已经看不进任何情节了。

渐渐地……渐渐地那个影子在逼近他。

他觉得呼吸有些困难，像是将要被什么缠住脖子似的。

嘀嗒嘀嗒。

就在这时……

“啊啊！”

电影里突然发出一阵尖叫。

“啊啊！啊啊！”

鲁滨孙吓得也跟着大叫起来，嗖的一下钻进了被窝。尽管躲进了被窝，但是那些恐怖的幻影依然清晰地在他眼前飘来飘去。

“什……什么啊？”

鲁滨孙努力让自己平静下来，试图想些别的事情：穿露脐装的女人，看起来像怀孕八个

为什么感到恐怖的时候会颤抖?

人们感到恐怖的时候肌肉会突然变得僵硬。肌肉一旦僵硬了，血液就不能正常循环。所以人们感到恐怖的时候，会觉得心脏乱跳，全身颤抖。

月的大肚子叔叔……可是越想幻影就越往脑子里跑。

不看了，睡觉。为了让自己快点睡着，鲁滨孙开始数麻雀。

“九十九只，一百只……”

“哎呀，怎么这时候突然尿急啊……”

他控制着自己，依旧慢慢地数着，不知不觉中，睡着了。

月光透过窗帘缝隙，挤进了房间，照在冰冷的镜子上。

镜子对着鲁滨孙，仿佛在笑这个可爱又聪明的孩子。

为什么看恐怖的场面就冒冷汗呢?

一般是感到热的时候会出汗。但是不觉得热也有可能出汗，这就是在看恐怖片或者被什么吓到而产生恐怖感时出的汗，我们一般称这种汗为冷汗。这是由于突然的精神变化，使得大脑刺激间脑的体温调节中枢，导致皮肤和毛细血管的扩张，从而瞬间分泌汗水。

“真爽啊！”

鲁滨孙展开双臂，用力地在水里游着。

“噗噗，啪啪！”

他自由地摆动着双臂与双脚。那海豹般的泳姿让周围的所有人都感到震惊。看到这么受人瞩目，他不禁自豪起来。

“哈，都被我游泳的实力震住了吧？”

满怀兴奋的他，越游越起劲，一边变换泳姿，一边又围着游泳池绕了几圈。

“再来一圈。”

鲁滨孙自信满满地游向泳池中间的时候，突然来了感觉——想小便。他不得不暂时离开泳池，去找卫生间。但是不管他怎么找都没有看到卫生间的影子。

弓着腰，捂着小腹，看到行人就打听。

“不好意思，请问哪里有卫生间？”

那个人给他指了一个地方，结果到那儿一看，根本没有。鲁滨孙开始不知所措。再不解决的话，恐怕就要尿出来了。

“啊，快要疯掉了。到底哪儿才有啊，嗯？有了！”

他猛然间想起小时候跟着爸爸到泳池玩的时候，自己曾经偷偷在池中小便的经历。

“哈哈，就这样！”

鲁滨孙会心地笑了，噗通一声跳进游泳池。

在游泳馆里如何能看出谁在小便？

时不时地观察四周的人，很可疑。暂时待在一个地方一动不动的人，要警惕。在水里颤抖的人，得小心。从泳池里跑出来，迅速去淋浴的人，需怀疑。那些进过一次水之后，坚决不再进去的人，得追问。

他将整个身体潜进水里，只露个头在水面，眼睛往周围瞅了瞅，趁没人注意赶紧行动起来。

“就是现在！一，二，三……”

心里默数了三个数后，鲁滨孙舒服地释放了出来。因为憋的时间太久，所以用了好长时间才完事儿。

“啊，舒服了！”

鲁滨孙抖了抖身子。

旁边过来一个看上去有些调皮的小男孩，用疑惑的眼神绕着他上下打量了一番。

“难道这小子看出什么来了？”

鲁滨孙开始心虚了，站在那里动也不敢动，只是用手划着水。那小男孩围着他转了一圈又一圈。

“滚远点儿！”

鲁滨孙想用吓人的表情赶他走。没想到那小孩却大声喊道：“啊，水变热了。这个哥哥尿尿了吧？”

完了，这下可怎么办！秘密竟然被一个小屁孩儿发现了，鲁滨孙一时间有些不知所措，脸立即变得通红，深深地低下头，不敢动弹。游泳池里的人听到叫喊后，纷纷聚集了过来，还用手指着他哈哈大笑。

“这要是一场梦该多好啊！”

鲁滨孙转身就往岸上游。

“站住！”

泳池里的所有人都开始追他。他游得上气

镜子的历史

镜子的发明始于文艺复兴时期，在玻璃制作的中心地威尼斯，有人发现在玻璃板后面贴上锡箔，就能清楚地看到人的面孔，镜子于是就这样诞生了。这种镜子逐渐取代了金属镜子，在欧洲得到了普及，从而沉重的青铜制镜子渐渐退出了历史舞台。然而在当时，这种镜子非常昂贵，所以拥有它的人不是贵族，就是富裕人家。到了20世纪，随着玻璃的大量生产和镀银的发明，镜子也在普通人群里得到了普及。当今的镜子是在玻璃平面上薄薄地镀上一层铝。

不接下气，可后面的人依然不知疲倦地穷追不舍。

“别再追了，别追了。”

鲁滨孙使劲挥着双臂，努力挣扎着……突然睁开双眼坐了起来。

原来真是梦啊，怎么跟真的似的！

“幸好是个梦，吓死我了。”

鲁滨孙松了一口气。

可是，他发觉有点不对劲。他坐着不敢动弹，两眼望着前面的墙，右手伸进被子摸了摸。

“啊，怎么会这样！”

他竟然尿床了！

“昨天吃了好几块西瓜、雪糕，还有看恐怖电影不敢上厕所，稀里糊涂地就睡着了。我真是疯了，彻底疯了。总是嚷嚷着要避暑，这下可把脸丢尽了！”

鲁滨孙对自己昨天一系列行为后悔不已。除了内衣湿了之外，就连裤子，甚至被子也都湿了。

“不对，这应该是梦吧。快点醒来，鲁滨孙，快点醒吧！”

他使劲打了自己的脸一下，又掐了一下大腿。他多么希望这不是现实，仅仅是一场梦而已，可现实就是这么残酷！

“啊，该怎么办？实在太丢人了！”

鲁滨孙穿着尿湿的裤子半蹲着，用力抓着头发，苦不堪言。看着自己描绘在被褥上的世

游泳场为什么会那么滑呢？

谁都有在游泳场差点摔倒的经历。原因是什么呢？那是因为水降低了地面摩擦力。游泳场的地面有很多淋湿的人走来走去，所以形成了薄薄的水膜。地面被水膜覆盖之后，脚与地面之间的摩擦力就会减小，所以更容易滑到。

界地图，自言自语道。

“旅行？还想去旅行？现在一切梦想都破灭了，啊……不行，我一定要去，就先从国内开始吧，当所有人都忘记这件事的时候我再回来。”

说时迟，那时快，他立即换了件衣服，匆忙收拾了行李，忘记在家里发生的噩梦般的一切，踏着清晨的露水开始了艰险的旅程。

解小便的时候颤抖几下的原因是为什么？

解完小便后全身颤抖几下是身体想要补充解小便时损失的热量而做出的防御反应。就是为了将肌肉动起来以便产生热量。寒冷的冬天解完小便后不仅会全身颤抖，而且还会起鸡皮疙瘩。这也是为了减少热量损失而把汗腺关闭，将皮肤表面积最小化的身体防御反应。

在雨季，棒球比赛中，对投球手和击球手谁会更有利一些?

雨季里湿度很高，而棒球的湿度也会增加，那样一来就能很好地被握住。所以在投球的时候，投出变线球的概率非常高。相反，因为空气中的水分子增加，空气密度也会随之加大。所以即使球棒击中了球，也会因为空气阻力大而影响飞行的距离。所以说在湿度大的雨季，对投球手会显得更有利一些；而在阳光灿烂的晴天，击球手则会更有利。

天气转阴更容易挨训。

据统计表明，阴天或者下雨的时候，学生受罚的数量比晴天时受罚的数量要多出很多。

在晴天，人的血管会收缩，身体的水分也容易蒸发，所以会感觉神清气爽。但是在阴天，人身体的水分就会变多，会感到浑身不适，而且含有碳酸气体的阳离子要比含有氧气的阴离子多，因此导致心情变得很差。

雷阵雨

是夏季常常出现的伴有雷电的降雨现象。雷阵雨在积雨云中形成，强烈时可出现暴雨。之所以会产生雷阵雨，有两种原因：一种是对流旺盛所致的热雷雨，常见于夏季午后，范围小而雨时短；另一种是冷暖空气剧烈冲突，促使暖湿空气上升而致的降雨雷雨，其范围大，雨时也较长。

雨季

每年从6月下旬至7月上旬之间持续阴天有雨的自然气候现象就是雨季。

热的气流跟冷气流会形成东西方向的前线。就是这个前线在一上一下的时候倾下雨水。

虽说是雨季，但是三天里还是会有一天不下雨的。

如果雨季的前线与台风相遇，则会形成集中暴雨，从而导致洪水，形成灾难。7 月初，雨季前线会出现暂时性变弱的情况，因而有时会连续几天都能看到太阳。

雨季里，空气湿度大、气温高，衣物等容易发霉，所以也有人称它为“霉雨”。

台风

它具有突发性强、破坏力大的特点，是世界上最严重的自然灾害之一。对不坚固的建筑物、架空的各种线路、树木、海上船只，以及海上网箱养鱼、海边农作物等破坏性很大，直接影响到人身财产安全。台风的破坏力主要由强风、暴雨和风暴潮三个因素引起。

其实台风的本质是从北太平洋的西部产生的热带低气压。

在热带地区，太阳强照射会使大量水蒸气上升至天空。这些水蒸气会相互汇聚，变得越来越大，最终形成庞大面积的云。当这个大面积的云恰好与穿越赤道的风以及从热带地区吹过来的风相遇时，会互不相让地形成围绕一个中心旋转的漩涡，同时还会伴有波动。当四周空气加快向旋涡中心涌动，涌入愈快时，其风速就愈大；当近地面最大风速达到或超过每秒 17.2 米时，我们就称它为台风。

X—档案

吸血鬼德拉库拉的全部秘密

在很久很久以前，吸血鬼就把人们陷入了恐怖的旋涡中。

像抹了米粉一样白得可怕的脸；在月光下，那两颗虎牙变得闪闪发光；酷热的天气，却穿着黑色披风；令人诧异却又充满神秘，像严重失眠后一样血红的眼睛瞪得大大圆圆的。

吸血鬼总是不请自来地出没在夏天。那么他为什么会成为吸血鬼？活着的时候也会吸人血吗？现在我们就来揭开关于他的一切秘密吧。

他原名叫弗拉德·特佩斯（Vlad Tepes）。德拉库拉是通过他父亲的名字得来的。1400年，他曾经是瓦拉几亚地区的城主，也就是现在的罗马尼亚特兰西瓦尼亚的位置。

在德拉库拉小时候，由于人们的嫉妒和战争，他失去了所有的亲人，心灵上受到了强烈的刺激。之后他的性情大变，脾气暴躁，一心只想报仇。所以每次与敌人交战的时候，那种复仇的心理就猛烈地撞击他的大脑，从而失去理智，疯狂地将敌人残忍地杀死。在与图尔库的战争中，他用铁棍插死了所有抓来的俘虏，有的甚至从肛门插进去。他还邀请了有病在身的患者

和乞丐到他家里做客，然后再关进一个建筑里用火将他们活活烧死。而德拉库拉一边看着燃烧的火海，一边享受着自己的晚餐。

如此凶残的德拉库拉最终在1476年死在了自己的心腹手中。

德拉库拉的事情一时让整个欧洲陷入了极度恐慌之中。之后通过历史学家，他的故事开始传遍全世界。随着这种消息的广泛流传，最终由爱尔兰作家布拉姆·斯托克将他的事情写成了一部恐怖小说《吸血鬼德拉库拉》，成了所有吸血鬼小说的鼻祖。

那么这里就有一个疑问：德拉库拉为什么想要人的血液呢？

一位叫做大卫·多尔芬的学者推测德拉库拉可能是得了一种叫卟啉的蛋白质链出现异常的遗传病。这种患者的特征是血红蛋白不能与铁成分结合，从而不能给身体各处供氧，所以只能摄取别人的血液。

这样一来就又有一个问题出现了：德拉库拉就没有血型吗？人的血型各有不同，为什么他吸了之后会安然无恙呢？

理由很简单。德拉库拉吸的血并不是进入他的血管里，而是进到了胃肠等消化器官中，然后再分解出营养物质，所以他才会平安地生活下去。这跟人们在喝解酒汤的同时，也吃鸭血或者鹿血而没有危险是一样的道理。

介绍天气Ⅱ

1. 如果猫到处乱跑，就得收衣服了。

当低气压逼近，使温度和湿度都开始上升的时候，猫会立刻感觉出来，并且做出一些见所未见的行为。看到这种情景就别犹豫了，赶紧把晒在外面的衣服收进来吧，不然会被雨淋湿的。

2. 如果发现蚊子成群结队地飞着，不要洗车。

初夏，含有雨云的低气压来临时会刮起南风，经常会出现蚊子成群结队飞着的现象。这时候不管车多脏都先不要洗车，说不定刚洗干净，哗，一阵大雨浇上去，又脏了。

3. 看到好多蚂蚁忙碌地从这儿爬到那儿时，不要搬家。

蚂蚁能第一时间感知湿度的变化，具有在低气压的时候预知下雨的本领，所以会发动所有的同伴赶紧往安全的地方搬家。看到它们搬家你就不要搬了，一旦下起雨来，你的东西可就遭殃喽！

4. 这里有蚊子，那里也有蚊子。如果蚊子突然增多，要注意落石。

闷热又多雨意味着台风将要来临。这时的蚊子会是平时的很多倍。所以依山傍水生活的居民要时刻注意台风时的石头滚落，以免发生危险。

5. 当鱼游到水面，露出嘴巴仰天呼吸时，可以准备做鱼的材料了。

由于气压低，水中的氧气更容易蒸发，这样一来水里就会缺氧，感到呼吸困难的鱼儿们则会浮出水面进行呼吸。这是最好的抓鱼时机。嘿嘿嘿，有美餐了。

6. 当青蛙呱呱叫个不停时，不要出去玩。

雨天来临时，湿度增加、气压降低，池塘里的青蛙就会感觉呼吸困难。所以它们会呱呱地叫个不停，仿佛在喊救命一样。如果这时候你出去玩的话，会淋个落汤鸡回来哦！

7. 发现苍蝇明显变多的话，要赶紧往高处搬家。

夏天雨下得越多，苍蝇就会更容易繁殖。往往苍蝇异常增多就意味着有发洪水的危险。所以身处地势低矮的居民，要考虑往高处搬家了，万一真发起了洪水，小命儿就危险了。

8. 深夜，听到蝉叫得厉害，第二天可以做阳光浴。

高气压到来时，蝉儿会感到清爽，所以就“知了知了”地诉说它们愉快的心情，那么第二天你就会发现阳光普照，万里无云。

9. 早上看到蜘蛛网上挂着水滴，可以到郊外去玩。

在高气压圈内，晚上会产生很强的热辐射，使水分蒸发严重，从而在早上容易产生露水。不过这是天气晴朗的预告。你可以放心地约上几个朋友一起到郊外游玩，不要错过这难得的好天气哦！

10. 发现喜鹊筑巢较高，今年雨水就会很多。

在我国民间，喜鹊是吉鸟。据学者考究，喜鹊筑巢的高低，与本年雨水的多少有关系，如喜鹊在高处筑巢，今年雨水则会偏多；如喜鹊在低处筑巢，则预示今年雨水偏少。俗语曰：“喜鹊搭窝高，当年雨水涝。”另外，“喜鹊枝头叫，出门晴天报”。只要听见喜鹊儿在枝头欢愉地鸣叫，那么当天一定是个大晴天。

下雨天的美食

不一样的美味饭团

需要准备以下材料：

电饭煲里剩下的米饭，热气腾腾的豆腐半块儿，几根韭菜，油茶面粉三四勺，去皮的洋葱半块儿，食用油少量,胡椒粉少量,长时间熬汤剩下的海带若干。

废话不多说了，按下面的指示一步步开始吧。

①先把洋葱在水里泡一会儿后拿出来，然后一边痛苦地擦着被洋葱呛出来的眼泪，一边毫不留情地将它切碎。切碎后撒上一点盐进行腌制，当然还要把洋葱挤一挤，挤到没有水分溢出为止。然后放入没有蘸油的锅里，轻轻煸炒到洋葱一蹦一跳的时候再盛出来。

②把韭菜和海带切碎。

③把米饭盛入大碗里（不能是盆子或饭煲哦），再将①和②弄好的材料放进去，然后放入捣碎的豆腐进行搅拌。最后再盛入三勺（不要是饭勺哦）油茶面粉，再添一些食盐和胡椒粉继续搅拌。

④将搅成一团的所有材料前后翻滚之后，弄成一口能吃下大小的小圆球球，将这些圆球放入煎锅里煎熟就 OK 了。

在做饭团的时候一定要注意以下情况哦！

①把刚刚蒸好的米饭全部盛进大碗里，准备做饭团，这样很可能会遭到家人的训斥哦！

②觉得自己嘴巴很大，就把饭团做成脸那么大的话，恐怕煎一晚上你也不会看到熟的希望。

晴天的美食

正宗红豆刨冰

做法其实非常简单。将磨好的冰放入煮好的红豆里，制作就完成了。什么？太简单，怀疑会不好吃？

那好办，你可以再放入一些牛奶、米糕、油茶面粉以及西瓜或者甜瓜等冰箱里的水果，这样就不会觉得味道单一了吧？

奶昔

将冰冻的牛奶代替刨冰，这样当牛奶融化后就会形成奶昔了。

第二章 逃出夏日

离开

刚从家里逃出来，鲁滨孙就开始迷茫了，他也不知道自己该去哪里。

“对，先到车站再说吧。”

别看是早晨，车站里一点都没有凉爽的迹象，反而很闷热。在售票站张望了半天，不同的窗口上写着不同的到达目的地，鲁滨孙随意选了个窗口。

“来张票。”

买完票，他看了看上面的出发时间，是上午8点40分的。再看看车站里大钟的指针是8点10分。

“还有半个小时。”

鲁滨孙买了一份报纸，在火车站里溜达来溜达去。

他发现车站里还挺繁华，不但有剧场、运动中心等很多娱乐设施，而且还有商店、超市等购物场所，真是应有尽有。

为了打发时间，鲁滨孙来到电子娱乐厅，玩起了摩托车

什么是“雪糕头痛”呢？

突然吃到雪糕或者刨冰等冰凉的食物时，会感到后脑或者囟门附近一阵酸痛。那是因为冰凉的食物进到嘴里之后会使口腔周围的温度降低、大脑的血管骤然收缩，收缩的血管恢复正常的状态时，人就会感到有些头痛。

游戏。一玩才知道，太难了，心里满满的是飙车族的美好愿望，可身体却怎么也跟不上，反映慢得跟蜗牛一样。而且还到处撞岩石，最后摩托车终于让他撞碎了，鲁滨孙尴尬地站起来，不服气地唠叨了几句。

“1500cc以下速度根本起不来，没法儿骑了。热死了，还是买个刨冰去吧。”

他走出游戏厅，转身进了冷饮店。

“给我一份刨冰。”

说完后，找了张桌子坐下，接着听到了磨冰的声音。

嘶嘶……嘶嘶……

虽然听到的只是声音，但是鲁滨孙似乎已经感觉到身上的热气消除了一半。看着冰上诱人的红豆和多种新鲜的水果，鲁滨孙立刻开心起来，口水直流。

“哈，凉快！凉快！”

每吃一口，他就感觉笼罩着身体的热气消散一点。

“哦，太爽了！哦，可是，怎么头有点晕呢？啊，不会是刨冰里放了什么药吧？想抓我到捕鱼船做奴隶吗？我可是很容易晕船的，而且还不会剥大蒜，啊！晕！”

鲁滨孙嘴里嘟囔着，手托着头，痛苦地龇牙咧嘴。这时，旁边的大叔听到他的话大笑起来，说道：“你这孩子啊，没事的，那是因为你突然吃了凉的东西，刺激了大脑，别瞎想了，居然还想到什么抓到捕鱼船上……哈哈哈，真会想啊！”

“啊？是吗？”

鲁滨孙觉得很尴尬，低着头，往嘴里胡乱扒拉着刨冰，以最快的速度吃完后离开了那里。

如厕遭抛弃

鲁滨孙上了开有空调的高速巴士，选了一个靠窗的座位坐下，享受着清凉空气带来的舒适，脸上溢满了幸福的笑容。

“这下总算舒服了。”

凉爽的空间，宽敞的环境，鲁滨孙对这一切感到非常满意。他把椅子靠背往后调了调，让自己坐得更舒服些。

车上的座位渐渐满了，巴士关上车门终于出发了。

“闷热的天气啊，再见了！暴晒的日子啊，再见了！”

一晃，巴士已经开出了首都圈。

身在封闭完好的空调车里，望着外面灿烂的阳光，一点都不感觉晒，也没有烦躁或者不适的感觉。就连阳光照射下的树木和青草也给人一种新鲜青翠的凉爽感。

鲁滨孙心情放松，脸上堆满了笑容，打了几个哈欠后，困意席卷而来，不知不觉就睡着了。

冷房病

长时间待在开有空调的环境里，人会感到头痛或者腹痛、眼睛疲劳、皮肤干燥或者浑身难受等。这种冷房病的原因之一是由于换气不足，屋子里积满了有害物质。另一个原因是空调会降低室内湿度，干燥的环境更有利于细菌的繁衍，从而导致感冒等呼吸道疾病的发生。

为什么想上卫生间的时候会感到腹痛?

从口至肛门，人的排泄物在一天中要经过大致8米的长度。其中途经直肠的时候，会产生想要排泄的信号。这时人会觉得肚子疼，就像肚子饿的时候会咕咕响一样。但是如果你经常感到腹痛或者不适的话，可能由于压力过大或者吃得很咸、很辣造成的。

也不知过了多久，一阵疼痛让他从梦中惊醒。

“哎呀，怎么肚子这么疼啊。啊，好疼！”

鲁滨孙用力捂着小腹，希望能用这种物理方法使疼痛减缓一点。但是这一招好像根本不管用，肚子反而越来越疼。

“忍着，必须得忍着。”

他望着窗外，努力想其他事情来分散注意力。

“松儿现在在干什么呢？”

“啊，肚子好疼啊！”

就像肚子里有可恶的虫子一样，你越想别的，它就越咬你、踹你、使劲折磨你。鲁滨孙攥紧拳头，后背开始冒冷汗。

“忍住，再忍一会儿。”他在心里默默告诉自己。

鲁滨孙已经疼得小脸惨白，手脚冰凉，这时他开始讨厌车上的空调了，呼呼的冷风吹来，不但帮不上什么忙，还会加重肚子的疼痛感。就在刚刚不久前，这股风还让鲁滨孙感觉像来到了天堂，可是现在这股风似乎把他推向了地狱之门，摧残着他的身心。

“空调怎么开这么大啊！”

鲁滨孙咬紧牙关。

“坚持，再坚持一会儿。应该快到服务区了。”

时间一分一秒地过去了，巴士依然在高速公路上不停地跑着，连服务区的影子都见不着。

鲁滨孙的胳膊上起满了鸡皮疙瘩，汗毛都

竖起来了。

“啊，啊，再也……再也忍不住了。”

鲁滨孙也顾不得什么颜面不颜面了，冒着被人耻笑的羞愧，蜷缩着双腿走向司机。

“那个，大叔。距离服务区还有多远啊？”

司机大叔瞥了他一眼，生硬地说：“还要二十分钟左右。”

二十分钟？鲁滨孙眼前一黑，感到全身都僵硬了。

“那个，大叔！停一下吧。”

鲁滨孙以最可怜的眼光望着那位司机。

“这里不让停车，这是高速路，你想让我们发生意外吗？”

司机不顾他的哀求，用比空调吹出的冷风还要冷淡的口气回答他。

“大叔，我求你了。就一会儿，就停一会儿。我内急，憋不住了。停一会儿吧。”

嘎！

巴士停下了。鲁滨孙捂着肚子下车拔腿就跑。

“等一会儿，就一会儿啊。”

鲁滨孙找了棵树，不管别人看见看不见，赶紧蹲下。只听，一阵雷轰炮击的声音从他身体里传来。

“呼……”

鲁滨孙舒服地长出一口气，头脑里顿时想起了什么……

“不能随便在山里或者草丛里大便，假如

如何防治空调病？

让室内温度保持在25℃左右，半小时或者一小时之后换一次气。不要让室内外的温度相差5℃以上，而且为避免与空调冷风的直接接触，最好能穿上薄一点的长袖衣服。尽量多吃维生素丰富的水果，多喝热水或者茶水。

夏天的腹痛

夏天如果吃很多凉性的食物，肠功能就会低下，从而导致腹泻。这时，最好多吃些含有乳酸菌的食物。因为乳酸菌可以防止各种病原体的增长，消除物质的毒性，而且协助维生素的合成，提高肠蠕动的功能。

这个地方昨晚有野鼠来过的话……啊，会得流行性出血热的。”

想到这儿，他浑身一颤。因为他曾经听说过人一旦沾染上野鼠的排泄物，就会患上流行性出血热，危及生命。

“不过那种病只会在干燥的天气发生，现在应该没问题吧。”

鲁滨孙安慰着自己，噩梦般的时刻总算过去了，他仰头望了望蔚蓝的天空，心里一片温暖。

结束战斗后，他立刻穿戴整齐，向巴士跑去。

轰，隆隆隆……

怎么回事！停在前方 50 米处的巴士竟然没等鲁滨孙上车就启动了。

“不要啊！等一下！停下！停下来啊！”

巴士无情地开走了，任凭他怎么嚎叫也无

济于事。鲁滨孙跑到巴士停过的地方，发现那里只有自己熟悉的行李还在孤零零地等着他。

“怎么可以把行李扔掉就这样跑了呢？把车票钱退给我！”

鲁滨孙气愤地对着无辜的天空大声嚷叫着。

冰可以消去尿味

小便过后，氨气会挥发从而形成难闻的味道。但是如果往便器里放一些冰，就不会有气味散发出来了。那是因为氨气与融化的冰形成了氨水，氨水与氨气相比，气味不易扩散，可以减少厕所异味。

误喝农药？

鲁滨孙双肩无力地垂着，在农田的小路上边走边抱怨着。

“都是那杯该死的刨冰，还有那破空调，开那么大也不怕浪费？唉，是啊，我就这命，没福，享受不了空调！”

他开始怀念家里那台电风扇了。不管吹出来的风凉不凉，每到夏天，鲁滨孙为了从家人手里夺过那台风扇，都会做很多激烈的斗争。

“现在该怎么办呢？”

他一脸茫然，也不知道这是哪里，只能看到一片田地。

“唉，往前走走再说吧。车到山前必有路。”

鲁滨孙就这样，在没有风，没有阴凉的大太阳底下，一路风尘仆仆地向前走着。

知了知了……

在如此炎热的夏天，蝉的求爱信息丝毫不见停歇。路上一个行人都没有，只有几株牡丹花在旁边开得正艳，可惜无人观赏。

为什么夏天经常发生食物中毒现象?

夏天的温度和湿度是微生物生长的最佳时机。天气又热又湿，水分的吸收自然会增加，那么体内胃肠分泌的胃酸就会被稀释，所以对外部进来的微生物杀菌力就降低了，从而导致食物中毒的发生率也相对提高。

几十分钟过去了，鲁滨孙依然在烈日下艰难地跋涉着，衣衫已经被汗水湿透了。

“要是这会儿能出现一个开着空调的银行该多好啊！哪怕只坐十分钟也行啊！”

鲁滨孙摇了摇头，知道这是痴人说梦，不可能发生。

“都被折磨成这样了，还没清醒过来吗？鲁滨孙，想想你在车里那痛苦的样子。还在想念空调吗？”

不知又走了多久，鲁滨孙只觉得眼前灰蒙蒙一片，踉跄的双腿也快没力气了，天空开始变得昏黄。

“我是不是得了热射病，很可能会死掉的啊……啊，好渴。头好晕啊！”

他感到视线更加模糊了，再不休息一下就要倒下了。

“不，不行了。先在树底下坐会儿。”

鲁滨孙费力地拖着双腿，来到一片树荫下，刚走进树荫，就立即瘫在地上。地上旁边居然有个篮子，里面还有喝的。这时，他不管不顾地拿着瓶子咕噜咕噜地一口气全喝了下去。

“啊，这下能活过来了。”

背靠着大树，鲁滨孙用手扇着风，环顾四周。

“这天儿可真要命。连个人影都见不着。咦？身上怎么突然痒起来了？”

他看了看身上的衣服，发现没有小虫子之类的，于是胡乱地抓挠着全身。

“呀？奇怪！”

这时他猛然间发现胳膊竟然肿了，还特别红。他不敢相信这令人生畏的突变，睁大眼睛死死地盯着。

“怎么……怎么会这样？”

鲁滨孙开始害怕，慌忙地抚摸着自己的双臂。可是越抚摸，肿得越厉害。他不知所措地左顾右盼，看到了刚喝完的饮料瓶。

“难道里面装的是农药？”

鲁滨孙脑袋瞬间懵了，赶紧用手指抠自己的嗓子，想把喝下去的东西吐出来。

“呕，呕。”

抠得他满脸通红，但是除了口水，没有见到农药流出来。

“看来是离子农药啊，全被吸收进去了。”

想着今天的遭遇，鲁滨孙快要哭了。现在这情况仿佛是刚躲了这边的自行车，却被那边的汽车撞到了。

“啊，怎么能这样对我。老天啊，你也太无情了！”

回想过去的时光，点点滴滴从他眼前闪过。一路挣扎着活到现在，竟然最后误喝农药死去。

鲁滨孙继续把手指伸进嘴里，不甘心和倒霉的遭遇以及身体不适的痛苦，让他眼泪止不住地流着。

“呕，呕……”

“你在干什么？”

什么是热射病？

长时间待在高温高湿度的环境下，脉搏的跳动会加速，皮肤会变得更热更干燥，而且还会变得通红，随后意识变得混乱，陷入神志不清的状态。如果虚脱的状态一直持续下去的话，后果将不堪设想。这时候要尽可能降低体温，将患者放入有冰水的浴池里，并配合按摩来促进血液循环。

引起过敏的原因是什么?
没有被我们身体记录的食物进入到体内后，身体会自然地做出防御它们的反应，这种情况被称为免疫反应。其中，过敏现象是对身体不利的免疫反应。

鲁滨孙含着手指，泪眼汪汪地朝声音望去。一位矮个子大嫂正疑惑地盯着他。终于看到人了，鲁滨孙忍不住哭出声来。

“同学，你在这里干什么呢？”

他望着手中的空瓶子，不说话。大嫂一看。

“谁把这个喝光了？是你吗？”

鲁滨孙哭着点了点头。

“哦，是我带来的，想喝还没喝呢，没关系，喝了就喝。”

“啊？”

鲁滨孙瞪大眼睛，停止了哭泣。这位大嫂在说什么呢？

你想死就自己去死好了，我喝了你还说没关系？

“什么没关系啊，我还是前途无量的青年呢！”

他顿时向大嫂发脾气了。大嫂感到不明所以，就望着鲁滨孙说道：“真不明白你说什么。偷喝了别人的桃汁，还发火？”

“桃汁？不是农药吗？”鲁滨孙诧异地问道。

“什么农药啊，给水稻洒农药我都心疼啊。”

“那，这是为什么？”

鲁滨孙伸出肿得通红的胳膊给大嫂看。那位大嫂仔仔细细地看了看后，说：“这是麻疹。”

“啊，麻疹？我胳膊上的是麻疹？”

“你肯定挠来着，所以才会肿起来。你第

一次喝桃汁吗？连对桃子过敏都不知道？”

鲁滨孙已经听不进去大嫂后面的话了，满脸喜悦之情，心想：“哇塞，我又活了，老天爷啊。多亏您知道我是个难得的人才，没有轻易把我带走啊！真是明智的选择，您太伟大了！”

鲁滨孙兴奋地朝着天空行了几个大礼。

消受不起的美味

那位大嫂让鲁滨孙等麻疹消去之后再赶路，可是他还是迫不及待地追上了那位大嫂。大嫂边走边给鲁滨孙讲了讲关于麻疹的事情。

“一旦得过一次麻疹，以后再吃相同的东西皮肤还会变红，所以注意不要再吃桃子或有桃子成分的东西了。”

“我一定把您的话铭记于心。”

鲁滨孙手一扬，两腿一并，给大嫂敬了个礼。

在看胳膊和腿上的麻疹，消下去不少了。

因为刚才的惊吓，已经让鲁滨孙耗尽了体力，现在才走一会儿后背就又出汗了。再看看那位大嫂，她似乎并没觉得很热。而且她居然还穿了黑色衣服。据鲁滨孙所知，黑色衣服更容易吸收热量，应该会更热才对。

“大嫂你不热吗？”

“哎呀，怎么不热啊，太阳这么毒。”大嫂用手扇了扇，说道。

卷发和直发哪个会更凉快呢？

夏天在路上，被太阳晒得时间最长的就是头部。那么如果减少头部照射的话，会不会要凉快一些呢？卷发和直发哪个更凉快呢？

卷发的话阳光不会直接照射到头皮上。因为头发跟头皮之间有空隙，而且空气在这些空隙里能够很好地流通，所以从头皮冒出来的汗会很容易蒸发掉。所以和直发相比，卷发会更让人凉快一些。

过敏也会遗传吗?

大约有10%的人会对食物产生过敏。如果父母都对某一食物过敏的话，子女则会有73%的概率对这种食物过敏；如果父母中的一位会过敏的话，那么子女过敏的概率是30%。由此我们可以知道过敏是可以被遗传的。

“那你怎么还穿黑色衣服啊？”

“你这小伙子看来懂得不多啊。穿黑色衣服汗水蒸发得更快，会更凉快啊。而且衣服里面还会有风。”

真的吗？黑色衣服容易吸热，也容易挥发汗水，所以更加凉快？不过黑色衣服里会有风又是什么意思？

鲁滨孙一时陷入了深思。

“黑衣服里怎么会有风呢？风是由于空气的温度差形成的呀。”

鲁滨孙边走边自言自语。大嫂见他有些不正常，不禁对那个空瓶子起了疑心，摇了一下头。

“是不是真的装农药了？怎么觉得这孩子那么奇怪呢？”

鲁滨孙跟着大嫂到了她的家里，看到一位老奶奶正坐在凉床上吃午饭。

“您好。”

突然听到外人打招呼，奶奶感到一惊，问道：

“你是谁啊？”

“奶奶，我是路过这里的学生。”

大嫂把刚才遇到鲁滨孙的事情给奶奶讲了一遍。奶奶用怜悯的眼光望着他，吐了吐舌头。

“一个大小伙子喝点桃汁竟成那样。真是的，看来身体太虚弱了。正好该开饭了，来，过来一起吃吧。”

一听这话，鲁滨孙的脸色骤然好了起来。

“那谢谢奶奶了！”

连客气都没客气一下就赶紧行了个礼，端起大嫂拿来的饭菜，狼吞虎咽了起来。虽说这是他们第一次见面，鲁滨孙却像一家人一样和老奶奶、大嫂亲热地聊了起来。

“坐在凉床上吃饭，不禁让我想起在外婆家的时候，感觉真好。”

“是吗？在夏天，凉床比什么都好。有凉风从底下吹上来，很凉爽很舒服的。”

老奶奶的话让鲁滨孙突然想到了什么，用勺子敲了一下桌子。

“原来是这样啊！”

他终于悟出为什么黑色衣服里会有风的秘密了。先说凉床的原理，我们都知道热空气会上升，所以风是通过凉床的缝隙向上吹的，这样人就会感到凉爽。再说黑色衣服，它的里侧由于长时间吸收热量，所以比外侧温度要高。当里面这些热空气上升的时候，冷空气会再次进入衣服里，从而在衣服里面形成风。

“也就是对流现象。”

老奶奶跟大嫂看着边吃饭边自言自语的鲁滨孙，觉得很奇怪，你看看我我看看你，再看看他，眼神里充满了怜悯之情。

然而这一切鲁滨孙并没有发现，因为解开了疑惑，鲁滨孙的心情更加愉快了，虽然全身都在冒着汗，但是依然大口大口地吃得很香。

“这肉汤味道好特别啊，我还是第一次吃呢。”鲁滨孙满嘴嚼着饭，边喷着米粒儿边称赞。

小狗也会流汗吗?

汗腺是专门分泌汗水的，小狗虽然也有汗腺，却并不发达，很难从身体将汗水排出。所以只能张着嘴，通过舌头和呼吸来散发热量。

有些人喜欢在夏天给小狗一天洗一次澡，认为这样小狗会比较凉爽。可是你知道吗？这对小狗的健康是有害的，狗的皮肤层比人类要薄，很容易因外部的刺激受到损伤。所以对于流汗本身就不容易的小狗来说，如果汗腺也遭到了破坏，那么它的身体可就不再健康喽！

“你这小伙子还挺会说的，多吃点吧，看你身体那么虚弱。”老奶奶同情地看着鲁滨孙，拿起扇子给他扇了扇风。

填饱肚子，鲁滨孙四处张望。看着周围的环境，他感觉像是到了外婆家一样，有种亲切和温馨感。记得小时候他常常在外婆家跟小朋友们一起到小溪边抓蝎子、玩篝火、逗村子里的大黄狗……这一幕幕童年的趣事跟过电影一样在他的大脑里闪过。

他发现大嫂家院子里还有个狗窝。

“你们也养狗啊？村里的狗向来都很自由自在，在它们眼里，整个村庄都是自己的地盘，嘿嘿。”

“知道的还真不少啊。这条狗还是小狗的时候就东一家西一家地蹭饭吃，长大了也该回报村里的人了。”

“回报？”鲁滨孙歪了下脑袋，疑惑地问道。

“狗能怎么回报啊？”

“狗能有什么本事？身上的那些肉呗！”

鲁滨孙有些疑惑，又问道：

“你们家的狗呢？它怎么不回来啊？我还想看看呢，我可喜欢狗了。”

“你吃饭时就感觉出来它了。”大嫂微笑着说道。

“吃饭时？狗来过吗？我怎么没看见？”

鲁滨孙露出天真的表情。

“你刚才不是吃了两碗吗？黄狗那么贪吃，

古人们的避暑方法

在中国古代，每当寒冬季节，都有专职官吏负责采集天然冰块，贮存于“冰井”之中，炎夏期间取出，以供皇家和贵族使用。这一传统历史悠久，《诗经》中即有记载，称为“藏冰”。这种习俗一直流传到中国民国年间。

浑身都是肉，村里的人几乎都喂过它，所以每户都有一碗肉，现在还剩很多呢。我看你吃得那么香，还以为你吃过呢。看来不是啊！一般人第一次吃都不太喜欢。”

听完这话，鲁滨孙的表情渐渐难看起来，不再说一句话，只是望着天空，仿佛看到了从来没见过的，却又熟悉的大黄狗……

“呕！呕！”

他突然感到一阵恶心涌上来，想吐，慌忙跑去了后院。

“啊呀，都怪我多嘴。年轻轻的怎么这么容易恶心啊，我早就说过，都是身体太弱闹的。”

此时，老奶奶的唠叨鲁滨孙已经听不进去了，只想吐，可又吐不出东西来，猫着腰干呕。

酷热沙漠里房子的墙壁为什么会那么厚？

沙漠白天温度会很高，并且昼夜温差大，所以想避免高温并且缩小昼夜温差的话，就需要减少能量的移动，根据牛顿定理，墙壁厚的话，能量就会移动得少。所以沙漠里的房子，墙壁都很厚，起到隔热保温的效果。

在海边为什么需要戴太阳镜?
在海边不戴太阳镜生活的人们会容易得白内障。这是由于我们眼睛中水晶体的高分子是有规则排列的，所以水晶体才能透明地将光线通过，而紫外线进入眼睛则会切断水晶体中的高分子，这样，高分子就会分解，从而不能通过光线。这同冰块是透明的，但是将它粉碎之后就变得不透明，是同样的原理。

搭讪记

鲁滨孙忧心重重地跟大嫂和老奶奶道别后，再次踏上了旅行的路程。他想，刚离开家就遭遇了拉肚子、麻疹，最后竟然还吃了狗肉汤，不禁有些后悔。

“早知道是这样，还不如忍一忍待在家中，妈妈唠叨完了也就没事了。”

出来时还怀揣伟大梦想：将夏日回忆带回去。但现在看来，电影里浪漫的故事都是假的。

“干脆回家得了？不行，最起码现在还不行。”

一阵风吹过来，他张开双臂迎接着。

“什么风啊，一点都不凉快。咦？这又是什么味道？”

本来心情就不爽，又来股热腾腾的风，更让人感觉不舒服。不过，这风里似乎掺杂着什么味道，他努力嗅了嗅。

“大海？是大海？”

爬过一个坡，他看到了水平线。那里有一望无际的沙场，还有波涛汹涌的海浪声。

有的人在玩气球，也有的人在打水仗，个个眉开眼笑，开心极了。鲁滨孙抑制不住内心的激动，眼泪都要流出来了。

“啊，这就是我期盼已久的大海啊！我要把那些失意的事情统统抛进大海里！”

鲁滨孙一边疯了似的朝大海跑着，一边呐喊

着。

“大海，我来了！”

冲到更衣室，迅速换上了爸爸的泳装。因为出来匆忙，没找到自己的，只好拿晾衣架上爸爸的泳裤了。

鲁滨孙看着镜子中的自己，喃喃自语道：“嗯，是有点偏瘦，不过样子还是蛮帅的，完全可以吸引女孩们的视线。”

自我欣赏过后，鲁滨孙迈着潇洒的步子向大海走去。几个穿着比基尼的女生嬉笑着从他眼前走过。

“啊，忘带太阳镜了，真可惜。”

不要认为他戴太阳镜仅仅是为了防紫外线，其主要原因还是想好好观赏这里的女孩们。

“算了，先去游一圈吧。”

他本来想选个优雅的姿势跳入大海，又觉得还是先做做准备活动吧。他一边巡视着四周，一边做着深呼吸、抡抡肩膀、踢踢腿。

“好了，现在要进去了！”

向前急冲的鲁滨孙突然停下来了，扭出去的脑袋好半天也扭不回来。原来他看到不远处有一个穿着泳装，在遮阳伞下端正坐着的女孩。长头发、黑色太阳镜、修长的双腿……

这身材完美得简直无可挑剔。

“呃，现在还不是游泳的时候。”

鲁滨孙向着她的遮阳伞方向靠近。一边靠近，一边张望着，发现这里不仅她，还有很多

泳装

1925年，现代泳装诞生了。太阳浴也渐渐流行开来。之后因为战争，物资供应不足，泳装的长度也渐渐缩短，在设计上也更为新颖和大胆。1946年，法国开发的“比基尼”泳装因其大胆破格的设计，而被比做曾经在“比基尼岛”进行原子弹试验产生的相同威力，这款泳装也由此得名。

漂亮的女孩子都没有下水的想法，只是乖乖地在沙滩上玩耍。

“原来是在享受太阳浴啊。为什么非要做有损皮肤的事情呢？”

他偷偷来到了那位有着修长双腿的女孩身边，然后转移视线，结果，一不小心正好与穿着蓝色比基尼女孩的视线撞到了一起。

鲁滨孙顿时觉得有些慌张，露出不自然的微笑。

实际上，他也不知道那个女孩是否注意到了他的目光，因为她正在往身上抹橄榄油。

“吓我这一大跳，她刚才是在看我吗？带着太阳镜也判断不出来啊。”

鲁滨孙依然做着运动，假装不注意她，但是眼睛却不听使唤地总往那个方向瞟，渐渐地整个身体也都指向了她。

“要不跟她借点橄榄油试试？”

他决定，无论如何也要跟这位女孩子搭上话，便大胆地往她身边凑着。然后终于鼓起勇气，说：“那个，那个，油，油……”

就在这个节骨眼儿上，从不远处走来一个体格健壮向她挥手的男人。鲁滨孙顿时定住了，只见那个男子以警戒的眼神望着自己。

鲁滨孙觉得论打架自己根本不是他的对手。他有着传说中倒三角形的体魄，还有着王字形腹肌。就连胳膊上也附着很多肌肉，鼓鼓的，即便他只用上一半的力气打自己，估计自己也

教你做个日光浴

1. 避开阳光照射强烈的时间段：上午10点至下午2点。
2. 每次日光浴的时间不能超过50分钟。
3. 选择多云的天气比选择晴空万里的天气更好。紫外线可以穿透云，所以即便是阴天也可以做日光浴。
4. 要盖住脸和头，频繁改变姿势以免晒得不均匀。
5. 一定要抹好防晒霜，特别是在被水或者汗弄湿后，一定要再抹一遍。
6. 进行日光浴的时候，最好不要下水。
7. 日光浴过后，用温水和沐浴露把身体冲洗干净，然后涂上一些能够补充水分的护肤品。

要躺上十天才能痊愈。总之，这个男人对鲁滨孙很不利。

他想着该如何缓解目前的情况，但是却说出了这样的话。

“那个，鱿……鱿鱼哪里有卖的？”

那个女孩和已经靠近她的壮汉以不可思议的眼神看着鲁滨孙。鲁滨孙尴尬地笑了笑。

“什么啊？长得就跟吃剩下的鱿鱼须似的。”壮汉生硬地回答道。

“啊，不知道啊？那么我去问别人，打扰了！”

鲁滨孙迅速逃离了现场。还好他对自己和那个男人的实力有精准的判断，不然肯定会被他大卸八块的。

“哎，真是倒霉。来到大海刚见到一美女就发生这样的状况，这叫什么事啊！”

鲁滨孙觉得今天的运气臭到家了，神经质地踢了一脚无辜的沙子。这时不知道从哪儿冒出来一个声音。

“谁啊？”

低头一看。呀！一位大叔正在做沙浴，刚才那脚正好踢在了他的肚子上。

“对不起，对不起。没看到您……”

“眼睛长哪儿去了？小心点！”

鲁滨孙换了个方向，将那位大叔愤怒的声音丢在了脑后。

“唉，气死我了！怎么就没有一件顺心的

海边的桑拿浴室——沙浴

沙浴有助于血液循环，放松肌肉，具有消炎、止痛之功效。而且还可以让身体把毒素和汗水一起排出体外，有助于促进肾和内脏更大发挥其作用，还可以调节消化系统的分泌与运动，促进食物的消化与吸收。

不会游泳的人也能漂浮的湖——死海

死海是位于约旦和以色列国境的一座湖。死海有几处海水流入的入口但是没有流出的出口。因为水每天都在蒸发，所以水里的盐分也在不断增加，同时密度也在升高。所以不管是谁都能很容易漂浮起来。

事啊！算了，既然来到海边了就先游个泳吧。什么都不想了。”

鲁滨孙呐喊着跑到海边，扑通跳了进去。

腿抽筋了

“毕竟只有夏天才能在大海里游泳啊！”

鲁滨孙一会儿狗刨，一会儿又仰卧着，全身放松地随波逐流，还看着天空哼起了歌。

“如果大海能够唤回曾经的爱，就让我用一生等待，如果深情往事你已不再留恋，就让它随风飘远……”（摘自歌手张雨生的《大海》）

他一个人快乐又随心所欲地哼唱着，唱着唱着就觉得别扭。

“有这首歌吗？怎么感觉有点熟悉呢？”

很快他又改变了想法。

“无所谓了，这首歌的作词、作曲真是很不错。”

然后又接着唱起来。鲁滨孙像条鱼，摆动着双脚，在海上悠闲地漂着，水在他身后形成了一道道波纹，散开又合上。

刚才做沙浴的那位胖子大叔也扑通跳进了水里，露出他那圆圆的肚皮，也自在地漂着。

“哇，肚子可真不小！蛮像一座小岛的，还一颤一颤！真是的。肚子那么大，不会让他沉下去吗？”

鲁滨孙认为这件事很神奇，便目不转睛地盯着他。

“很快就会沉下去的，会沉下去的，会沉下去的。”

不知不觉中他竟然念起了咒语。

不过，那位大叔依然在水上漂得好好的。

“啊，什么啊？比我浮得还好！”

鲁滨孙有些不解，心情也开始郁闷了。

“哼，哪里比我好啊？为什么肚子会那么大呢？是因为脂肪吧。那脂肪比水的密度要小吗？噢，对了，是小，因为食用油就能浮在水上。”

鲁滨孙自问自答，喃喃自语，终于找到了那位胖胖的大叔能漂得好的理由，还进一步联想到了发洪水时候漂着的猪，不禁点了点头，脸上再次露出了笑容。然后又仰卧在大海上，望着无尽的蓝天，尽情地享受着此时此刻的自由。

这时，一位男子像只海豹一样，非常强健地划着波浪从鲁滨孙面前游过。

“哈，好厉害啊！”

只见那男子抡摆着黝黑的双臂，前50米用自由泳，再50米用仰泳，接着50米又用了蛙泳，最后还熟练地游起了蝶泳。鲁滨孙眼睛一眨不眨地盯着他。

“哼，有点本事啊！”

鲁滨孙的竞争心开始蠢蠢欲动。

“这些我也可以。”

他将小时候学到的方法统统结合起来，奋

泳衣决定速度

一般人在买泳衣的时候通常考虑的是如何能遮掩或突出自己的身材，却很少能想到什么样的泳衣能够减少水的阻力。游泳选手们为了创造最好的纪录，会选择用极细的线制作、摸上去更顺滑、甚至是防水材料制成的泳衣。线越细，摩擦力就越小，对水的阻力也就越少，制造商甚至对泳衣的每一根线都进行压缩。

力追上了那位男子，还装腔作势地游起花样来，没一会儿，他感到全身有了热气，而且还出了汗。

“呵呵，原来在水里也能出汗啊。”

鲁滨孙快喘不上气了，放下划动的双臂，漂在那里寻找着那位海豹男。看到了，他也在漂着，看起来也有点喘气，不过，是在鲁滨孙的前面。

“哈，海豹也不过如此嘛。”

很快，他发现海豹男没有了刚才活泼的劲头，面部肌肉挤到了一起，非常痛苦的样子。

“莫非是鲨鱼……”

鲁滨孙好奇地赶紧游了过去。

“游得不错啊。”

“我腿抽筋了……”

他答非所问地捏住了小腿，身体慢慢沉了下去。

“噗，啊……啊……”

那位海豹男勉强浮上了水面。抽筋了？在大海里抽筋，可是十分危险的事情啊！

“游得太快了……”

鲁滨孙想到了以前在乡下，有人在湖里脚抽筋，那时的解决方法还依稀记得。

“先别动。把膝盖伸直，不要弯着。”

他潜入水中，抓住那位海豹男的大脚趾向后背方向用力拉，然后又给他揉了揉小腿。

“噗，啊……啊……”

浮上水面的鲁滨孙，有些担心的看着他。

晒太阳为什么会变黑呢?

这是因为我们的身体为了在阳光中保护皮肤，自动制造出一种叫黑色素的黑色色素，此色素会阻隔一部分紫外线，从而避免皮肤受到损伤，所以我们的皮肤晒多了也就变黑了。

“嗯，好些了，有点感觉了。”

男子的表情比刚才缓和多了。

“等会儿。”

鲁滨孙再次潜入水里，这里的海水比较清澈，能看到底部，鲁滨孙四处寻找着什么。

“啊，那个就行。”

他拿着一块破碎的贝壳，浮出水面。

“你捡这个干什么？”海豹男疑惑地问道。

“治疗在水里抽筋，最有效的方法是流血。忍一下吧，肯定会疼点儿。”

鲁滨孙将贝壳使劲刺向男子的小腿。

红色的水流从底下飘上来。

“哈，真的好多了。”

男子把腿抬上来，活动了一下，接着又高兴地做了各种游泳的姿势。

“所以在游泳之前，一定不要忘了做准备运动哦。”

“啊，好的。记住了。太谢谢你了。”

男子连声道谢后游走了。

看着他的背影，鲁滨孙一种自豪感油然而生。

“哈哈哈，我也是天下名医了。”

为什么我们抽筋后会有刺痛感呢？

这是因为小腿的肌肉收缩很厉害，肌肉不能正常运动。这种情况下肌肉会耗损大量能量，从而引起剧烈的痉挛，伴有刺痛感。

寻找泳裤

鲁滨孙又接着游起来。正当他美滋滋游的时候，只见远处一个高高的浪头向这边袭来。

冲浪运动

冲浪是在波浪较大的海岸进行的一种运动。冲浪运动始于大约1500年前塔希提岛的波利尼西亚人。这种运动一般是一个人站在冲浪板上，去挑战迎面袭来的浪涛，还有冲浪艇，可以4个人一起玩。

“哇，好大的浪啊！”

那些在水里玩的人们，吓得纷纷往岸边扑腾着。再看鲁滨孙，因为刚才的救人事件，他的骄傲感还没有退去，以为自己是大海里的王子，竟然纵身游向了那个浪头。

这时，一个波涛仿佛从天而降，覆盖了众人慌乱的身影，同时也覆盖了他们的尖叫声。鲁滨孙看着眼前发生的一切，那些被波浪砸得失去重心的人、喝到海水被呛得扑腾的人，这情景在他眼里似乎成了电影中的画面。他不禁感慨，波浪远比想象中的凶猛啊！鲁滨孙也有些踉跄，被灌了几口海水。

“噗，噗，噗。”

他站了起来，用手抹了两把脸，突然感觉下面好像少了什么东西。低头一看，顿时发了慌。

“啊，怎么会这样？”

他迅速把身体潜入水里。

原来是泳裤不翼而飞了，这充分地说明了

波浪的威力是常人无法想象的。

“真不该把爸爸的泳裤带来。”

鲁滨孙像罚点球时的守门员一样，两手捂住下面，转着眼睛观察着四周。

“应该没人看到吧？这该死的泳裤到底跑到哪儿去了？”

他慌慌张张地四处搜寻着，发现远处水面上有块蓝条纹布正漂着，他断定那就是自己的，不，爸爸的泳裤。

“啊，在那儿！怎么漂那么远。”

看到泳裤，鲁滨孙又高兴，又担心。

他很想对它喊“你给我过来”，可是它又听不懂。强压着心中的怒火，望着那边的泳裤发呆。

“怎样才能把它拿过来呢？”

他决定一点一点地挪过去，就像只企鹅一样，蹒跚地慢慢接近泳裤。也许泳裤不知道他急切的心情，像是故意在跟他开玩笑，他每接近一步，泳裤就被波浪带走一点。结果，鲁滨孙与泳裤一直都保持着不变的距离。即便鲁滨孙扑通扑通地游过去，结果还会是一样。

“喂，你想看我上新闻吗？待着别动，别动了！”

鲁滨孙心里一直反复地对着泳裤含泪呐喊，同时伴有威胁，但是泳裤像在逗他似的一直漂离他之外。

“实在不行了。再这样下去，不但泳裤抓

在水中为什么行走起来很艰难？

比起陆地，水里行走要艰难很多，那是因为身体往前时，水会施加向后的力。这种力叫做“水的阻力”。这种阻力在游泳的时候会在身体周围形成，水波的阻力增加了，行走的速度也就降低了。

运动中不能喝水吗？

运动中会出汗，所以要补充流失的水分。有人说“运动中不能喝水”，这其实是错误的说法，在运动中适当地喝水能有助于恢复体力。对于老人，运动前喝水可以预防水分不足。还有，运动后体内会损失很多盐分，这时恢复体力最有效的方法就是喝运动饮料了。

不到，水也会越来越深的，最后只能变成水鬼了。”

这个办法看来是行不通的，只能改变主意。鲁滨孙紧闭双眼，握紧双拳，开始向泳裤出发。

几番折腾之后，终于到了泳裤跟前，鲁滨孙安心地呼出一口气。

“真是的，怎么什么事情都能被我遇到啊！没有人看到吧？”

他心里一边安慰着自己，一边以最快的速度穿上泳裤，然后又从容不迫地游了回来。

丧失英雄名誉的鲁滨孙

离开水面来到沙滩上坐下来，鲁滨孙喝瓶饮料缓了缓力气。尽量不去看周围人的眼光，可又担心万一真有人看到他为追泳裤而在海里挣扎的情景，岂不是毁了刚才光荣又伟大的形象！

“唉，苦恼啊！”

鲁滨孙脸上犯了愁。这时有人笑着从身边走过，他觉得不对劲。

“笑什么笑？他们刚才也在水里了吗？不会是笑我吧？这笑容让人看着怎么那么不舒服啊！”

有些神经质的鲁滨孙撅了撅嘴。

“今天的运气跟平时没什么两样，都那么糟糕，还是吹吹海风吧。”

望着宽阔的大海，鲁滨孙正坐着发呆。这时，海里有个女孩向他招了招手。

“谁啊？是在叫我吗？我认识你吗？”

他左右看了看，没发现有其他人。鲁滨孙使劲瞪大眼睛想看清楚这女孩的长相，可瞪了半天也没认出是谁来。

他皱紧眉头，紧紧盯着对方。

“是不是刚才她看到我追泳裤了，嘲笑我呢？如果不是，那就是被我刚才的泳姿迷住了，想和我套近乎？”

鲁滨孙独自猜测着各种荒唐的想法。远处那个女孩还在向他招手，而且还是一会儿进水里，一会儿又上来继续招着。

这是在开玩笑呢，还是在焦急地等待着什么呢？

鲁滨孙疑惑地望着她，还是搞不清她什么意思。再看那个女孩又招了几次手，最后潜进了水里。

“不是，那……那是……那是在求救！”

这回鲁滨孙明白了，他瞪大眼睛，急忙跑进水里，拼了所有力气使劲朝那女孩游去。原来她不会游泳，正在向岸上的人挥手求救。

“千万要等我过去啊，坚持住。”

鲁滨孙急得心扑通扑通直跳，脑子全是救人的想法。

“不行，不行，我得冷静一下。”

他浮出水面，发现旁边有个游泳圈，抄起

游泳以后，眼睛发红怎么办呢？

游泳后，受漂白粉消毒剂的轻度刺激引起的结膜炎，其症状一般是在出水以后眼睛有轻微发红，数十分钟至数小时以后，就会自行消失了，可以不必治疗。如果有加重趋势或是在未经消毒的水里游泳，引起的是病菌、病毒性结膜炎，常常在刚出水时症状很轻或不明显，过1—2天以后眼睛发红，分泌物增多，这时候要及时去医院治疗。

来就又扎进了水里。

“干什么？喂！”

游泳圈的主人从水里冒出来向他大喊，鲁滨孙头也不回地依旧往那女孩方向游着。幸亏那里的水并不深，可能是太害怕的原因，她还在努力挣扎着。

看到鲁滨孙过来，那女孩死死地拽住他的胳膊，力气非常大。还好鲁滨孙想得周全，带了游泳圈，否则两个人都得被淹死。

“不要抓我，抓住这个游泳圈。”

鲁滨孙把游泳圈拿到她跟前，但是她根本听不进去。鲁滨孙就抓起她的手放到了游泳圈上。然后一手托起她，一手推着游泳圈，奋力向岸边游去。

那女孩因为刚才紧张过度，已经晕过去了。到了岸边，鲁滨孙迅速抱起她，把她平放在沙滩上。这时才发现，她就是刚才穿着蓝色泳衣、双腿修长、往身上抹橄榄油的女孩。

“啊，这是命运的安排啊！”

鲁滨孙激动得快要流泪了。

“喂，醒醒。”

他轻轻地打着女孩的脸颊，似乎没起作用。

很快，很多人围了上来，七嘴八舌地说着。

“这女孩是不是死了？”

“是这男孩子救的吗？”

看热闹的人好奇地看着鲁滨孙和躺着的女孩。

鲁滨孙翻了翻她的眼皮，情况并没有想象

救生衣的原理

如果某物的密度比水的密度小，就可以浮起来。比如鱼类想浮上来，就鼓起鱼鳔，降低密度；想下沉就收缩鱼鳔，增加密度。即，鱼通过改变自己的鱼鳔，从而调整密度，在水里浮上沉下。在游泳的时候，人们穿的救生衣也是利用这个原理。救生衣虽然使身体重量稍有增加，却大大加大了人的体积，从而降低穿救生衣人的密度，使人漂浮在水上。

得那么危急。

“要叫120吗？”

有人问了鲁滨孙。

“不，不用了。我可以救她。都让一让，让一让吧。”

鲁滨孙像是自己真的成了神医似的自信满满地说道。

“嗯，这时候最好还是嘴对嘴施救。”

鲁滨孙得意地耸了耸肩，又用手抹了下嘴，刚要往那女孩的嘴里吹气，又有人说话了：

“是不是得把她的头稍微向后倾斜一点？”

声音来自围观的人群中。

鲁滨孙立马显得有些慌张，循声望去，周围的人们把视线移了过去，又一个男人登场了。

原本理直气壮且春风得意的鲁滨孙，遇到突如其来、意想不到的情况，变得结巴了。

“啊，那那……那就那么做吧。”

“我来试试吧。”

新登场的那个男子走上前竟然自我推荐起来。

“不，不必了……我也可以……”

鲁滨孙想坚持把事情做完以保全面子，但是又一想，人命关天，不能因为自己的名誉或者面子冒这种险。没办法，他只能后退了几步，把位置让了出来。鲁滨孙的那个心呀，怎一个苦字了得！

只见那个男人熟练地把女子的头向后倾，又

急救的流程

1. 将人从事故地点解救出来。
2. 去除嘴里的异物。
3. 头向后倾以开通气道。
4. 进行人工呼吸。
5. 呼吸恢复正常就让患者舒服地平躺，并且进行保暖。
6. 继续照顾患者，使他维持呼吸。
7. 送到医院。

在水里比在外面感觉更轻的原因是什么?

在水里会产生与重力相反方向的一种力，叫做浮力。当我们的身体沉入水的时候，水会向外溢出。我们就会受到跟溢出的水的重力相等的浮力，从而变轻。

进行了急救。

“哇，真专业啊！”

“这人真棒啊！”

围观的人们都异口同声地对那位新登场的男子赞不绝口，在一旁看着的鲁滨孙真是羡慕加嫉妒啊！

“哼，完了，我的努力彻底白费了。这家伙肯定是专门等着救女人的小白脸儿。”

那个男子在女孩的肚子上用力一压，“噗”，水像喷泉一样从她嘴里涌了出来。这时所有的目光都投向了救她的男子身上。鲁滨孙觉得委屈极了，自己就像那个人鱼公主，明明救了王

子却不能把实情说出来。最后，他静静地离开了那里，浑身无力地回到了住的地方。

女神驾到

“啊，好疼啊！”

鲁滨孙小心翼翼地抚摸着后背。本来已经睡着了，又被一阵疼痛给折腾醒了。

“啊～啊～”

疼得他直叫。撩起上衣，后背对着镜子一看，被晒得通红。再看看表，已经7点了。外面依然明亮，没想到都是傍晚了。院子里听上去还很热闹，有一家子的，有一群朋友的，还有成双成对男女恋人的，一边做饭一边说笑。

“啊，怎么就我是一个人啊！也不知这趟旅行能跟谁一起回去！”

想想热闹的夏日海滩，再想想孤零零的自己，鲁滨孙突然感到很孤单很寂寞。

“要是冬天来海边估计没有这么多人，也就没这么寂寞了。”

为了安慰自己，鲁滨孙就全当是在家里了，因为在家里也照样是一个人。他随便吃了点东西，想继续躺着，可后背和双肩被晒伤了，根本躺不下来，用手摸上去烫烫的，像是在发烧。

“要是提前抹点防晒霜就好了。今天既没能痛快地游泳，还丢尽了脸，更可恶的是竟然

人鱼传说

1998年在夏威夷海岸，潜泳者们发现了一位长相美丽的女性人鱼，长长的头发，没有穿上衣，下面拖着一条长长的尾巴，在跟海豚一起游泳。这条美人鱼在50年前就偶尔被人们发现。在美国佛罗里达海边，也曾有人捕捉到了一条150cm长的男性人鱼，他有着人的腿，鳟鱼的身体。

皮肤什么时候最容易晒伤呢?

有风、湿度高并且光反射强的环境下，皮肤会更容易晒伤。实际上，淋湿的皮肤含有更多水分，从而产生更多反射，所以吸收光的能力会比干燥的皮肤强4倍以上。如果皮肤被过度晒的话，表层细胞会死掉，从而形成脱皮。

还晒成这样。这罪受得可真够冤的！”

他正后悔的时候，听到外面店主在跟什么人说话。

“不知道你说的是谁。既然不知道叫什么，那只能每个房间都看看了，不过的确有一个单身的年轻男子住这儿。”

鲁滨孙好奇地把耳朵贴在门上，仔细听着外面的谈话。声音由远及近，最后停在了他的门口。

“学生，不是，年轻人！你好，能出来一下吗？有人找你。”

“找我？”

他吃了一惊，赶紧穿上衣服，开门就问：

“谁啊？”

只听那位女子静静地说：

“那个……您是不是在海边救我的人？”

鲁滨孙一听，顿时眼睛瞪得溜圆。前面站着的女子正是他救的那个人。如果没有后来那个男人的出现，现在的自己肯定是风光无限。此时此刻，她跟晕过去的时候完全不同了，恢复了美丽和生气。

“啊，你竟然主动来找我了！”

鲁滨孙不自然地挠了挠头。

“啊，是，是啊。”

听到他的回答，女子羞涩地露出了笑容，脸上还有两个可爱的小酒窝。

“你没事儿了吧？”

“没事了。多亏您的搭救，才让我捡了一条命。真是非常感谢！”

“啊，连声音都是那么好听！”

这一刻，鲁滨孙刚才的抑郁和孤独都灰飞烟灭般地消失了。

“如果可以的话，我想请您吃顿饭，对您的恩情表示感谢。”

“什么恩情啊。千万别这么说。”

鲁滨孙紧张得话都说不自然了，所以默默地劝着自己。

“鲁滨孙，自然点儿，再自然点儿！”

“这也算是缘分吧。一起去吧。”

他怀着激动的心情跟女子肩并肩地走向夕阳西下的海边。

动物们的避暑方法

酷热的夏天，动物们连个风扇都没有，那它们都是如何度过的呢？看上去最容易中暑的北极熊会抱起冰块滚来滚去，然后躺在冰块上睡觉。大象和犀牛会做河泥按摩，尤其大象，会扇动像扇子一样的大耳朵来降低体温，并且用泥水洗澡。

各国的卫生间

日本的卫生间

日本人不称卫生间为厕所、洗手间之类，他们叫做化妆室。卫生间外面有很大一个空间是给女客人补妆的。厕所内会分别设有座便和蹲便。座便的马桶圈会根据季节自动调解座垫的温度，这样一来冬天的时候，不会一坐下去就冰得跳起来了。并且，为了避免人在很安静的环境下上厕所的尴尬，还设置了可以发出流水声的发音器，让外边排队等的人不会听到尴尬的声音。最不可思议的是他们的马桶还具有清洗屁屁的功能，每次方便完，再清洗一遍，真是既清洁又舒服。

法国的卫生间

1. 法国的卫生间需要投入硬币。（大部分是收费的）

2. 方便。

3. 5 分钟，10 分钟，当时间差不多到 14 分钟的时候，不管有没有方便完，都要准备提上裤子。

4. 当到了第 15 分钟的时候，卫生间的门会自动打开。如果你觉得遗憾需要继续方便的话，那就得再次付费再次进卫生间了。

印度、印度尼西亚、泰国等亚洲国家的卫生间

在印度和印度尼西亚，卫生间的便器旁边会有大大的水桶和水瓢。

当然，卫生间里的水，你是用来喝还是用来方便完后冲洗，是每个人的自由。

不过，水桶和水瓢本来的用途是“如厕后擦洗用”。擦洗的时候必须要用左手。因为他们认为右手是用来跟别人握手或者送别人礼物的，用右手擦洗就太不礼貌了。

美国

美国也有独特的卫生间。四周的墙面都用透明的玻璃围起来的。第一次用这种卫生间的人们，往往进去后左顾右盼，然后什么都没做就直接出来了。当人们了解了这个卫生间的真正面目之后，就可以非常轻松自然地方便了。因为在进入卫生间关上门的那一刻，玻璃墙面会立即自动变黑，从而人们可以自由享受只属于自己的空间了。

夏天的节气

芒种——忙得都来不及上厕所了

二十四节气中的第九个节气。阴历4月或者5月份。阳历日期大约为6月6日至7日。

芒种指麦类等有芒作物成熟的时节，但同时也是农民朋友的播种、下地最为繁忙的时候，故“芒种”也称为“忙种”、“忙着种”。这时期插秧种水稻和收割大麦正好重叠，所以不忙得昏天黑地真不叫芒种了。

夏至——年中白天最长的一天

二十四节气中的第十个节气。阴历5月中旬。阳历日期大约为6月21日至22日。

夏至这天，太阳直射地面的位置到达一年的最北端，几乎直射北回归线，此时，北半球的白昼达最长，正午时太阳的高度最高。古有“不过夏至不热”，“夏至三庚数头伏”的古语。夏至虽表示炎热的夏天已经到来，但还不是最热的时候，夏至后的一段时间内气温仍继续升高，大约再过二三十天，一般就是最热的天气了。这时候南部地区的雨季也会开始。如果到这时候还不下雨的话，古代的人们就会祭天求雨。

小暑——“小热”，夏天的正式开始

二十四节气中的第十一个节气。阴历6月初旬。阳历日期大约为7月7日至8日。

暑，表示炎热的意思，小暑为小热，还不十分热。意指天气开始炎热，但还没到最热。这个时期是湿度升高，降雨增多的雨季。农作物也进入茁壮成长的阶段，正是需要增加管理的时候。另外，蔬菜和水果也开始丰盛起来。

古代的人们觉得这时候的面食最好吃，所以经常吃面条或者疙瘩汤。

大暑——夏天的最高潮“大热”

二十四节气中的第十二个节气。阴历 6 月中旬。阳历日期大约为 7 月 23 日至 24 日。

这时正值“中伏”前后，是一年中最热的时期，也是最大的雨季。顾名思义，大暑的气温最高，农作物生长最快，大部分地区的旱、涝、风灾也最为频繁，抢收抢种，抗旱排涝和田间管理任务都很重。农民们会在这时候到农田里去除杂草，将草、秸秆等混在一起做肥料用。民间有饮伏茶，晒伏姜，烧伏香等习俗。这时候的水果是最好吃的，而且下雨越少越好吃。

立秋——向秋天前进的时期

二十四节气中的第十三个节气。阴历 7 月初旬。阳历日期大约为 8 月 8 日至 9 日。

大暑过了 15 天左右，白天会暑热尚有，但是早晚的风可以使人感到秋天的凉意。“秋”就是指暑去凉来，意味着秋天的开始。到了立秋，梧桐树必定开始落叶，因此才有“落一叶而知秋”的成语。古人们说：到了立秋就会吹凉快的风，露水会更重，寒蝉开始鸣叫。

从文字角度来看，“秋”字由禾与火字组成，是禾谷成熟的意思。立秋是秋季的第一个节气，而秋季又是由热转凉，再由凉转寒的过渡性季节。

处暑——蚊子也嘴歪

二十四节气中的第十四个节气。阴历 7 月中旬。阳历 8 月 23 日至 24 日。

处暑是反映气温变化的一个节气。“处”含有躲藏、终止的意思，“处暑”表示炎热的夏天即将过去，到此为止了，杂草也不再生长了，所以这时可以到坟墓除草。处暑还有一件令人称快的事情是，此时的苍蝇、蚊子开始消失了，整个农村地区比较清闲。

这里是119搜救队

落水的人，如此施救

一旦有人掉进水里，即使是狗刨名将都会感到紧张和害怕。所以这时千万不要逞英雄，觉得自己是超人，勇猛地扑通一声跳进去，这是非常危险的。因为掉进水里的人会拼尽全力想要抓住任何漂浮的东西浮到水面，如果这时候你去了，即便会游泳也有可能被对方拽得失去体力与平衡，最后跟着一起一命呜呼。

理论派施救法

人不进水而利用周围的各种东西进行施救。

1. 落水者在近处时

将棍子或者布条递给落水者，让他抓住，通过这种方法将他拉上岸。在这个过程中，施救者需要注意的是，必须紧紧抓住大树、岩石等不动的东西。因为落水者如果很胖或者力气非常大的话，施救者反而会被一起拖进水里。

2. 落水者在远处时

将游泳圈或者救生衣等能漂浮的东西投给落水者。如果落水者在距离很远的地方，就需要抛得很高，但是应尽可能降低高度，这样才能更准确地抛给对方。当落水者抓住游泳圈等东西之后，再用力将其拖上岸。

应当继续鼓励他用脚来划水，慢慢向岸边靠近。

行动派施救法

人进到水里进行施救的方法。这需要施救者本身拥有良好的游泳水平。

1. 走过去进行施救的方法

当落水地点不太深的时候，走到水深至胸的位置，站稳之后，将棍子或者布条伸给落水者，让他抓住后，再将他拉上岸。

2. 游过去施救的方法

这种方法只有游泳能力好的人才可以做得到。首先游到落水地点，从落水者背后，抓住他的手腕，以免他乱动妨碍救助，然后拖着他游上岸。不过，如果这时候利用棍子或者布条的话会更安全。让落水者拽住棍子或布条之后，施救者抓着这些东西的另一头游上岸。

记者鲁滨孙来了！

鲁滨孙，在伏天采访小狗

鲁滨孙：最近怎么样？

小狗：这还用说吗？刚睡醒就发现隔壁的狗消失了。第二天，突然听到惊悚的声音……我每天都生活在恐惧中。我们狗族，在遇到非常好的事情时，会说“度过伏天的小狗”（韩国俗语）。

鲁滨孙：知道狗肉养生汤的由来吗？

小狗：虽然不知道准确的时间，却知道很早以前就有了。“养生汤”这一词听说是产生于朝鲜李承晚在职时期。据说之前被叫做“狗肉汤”，得名于将狗肉放入大酱汤里一起吃的食用方法。在朝鲜时代的正祖时期，有的书里就出现了“狗肉汤”三个字，所以人们吃狗肉的历史可谓是源远流长。

鲁滨孙：对吃养生汤的人们说一句话可以吗？

小狗：人乃万物之灵长，人类想吃，我们也没什么办法。曾经想过实行集体抗议行动，但是后来听说比我们还大的牛、熊之类的动物，对人类都束手无策，我们也就放弃了。

我想说的一点是，养生汤不一定就是补药。我们国家的人们本来就有随波逐流的倾向，希望不要什么事情都跟着学。唉，这种现象也真是个问题！

鲁滨孙：有其他国家的狗的消息吗？

小狗：有啊。你知道吗？当我们听说那遥远的欧洲和美国的小狗都过着神仙一般的日子时，我们都羡慕得流口水。主人不但带它们一起去度假，还会带上专门为它们做饭的人呢！在有的家庭里它们已经不是狗了，而成了主人。我们国家其实也有一些有血统的“贵族狗”享受着良好的待遇，可这毕竟是少数。为什么人类世界里的贵族、平民这种不平等的待遇已经消失了，而我们狗却还没能从那里解脱出来呢？你说这有道理吗？

鲁滨孙：最后，还想跟人类说点什么吗？

小狗：说实话，还有什么动物能比狗与人类亲近、忠于人类的呢？但是据我们狗所知，一些人类还是给予我们糟糕的待遇。

吃养生汤暂且不说，轻视狗的现象也是很常见的。“狗眼看人低”，“狗嘴里吐不出象牙”，“狗盗鸡鸣”等，其实还有骂得更难听的，但是考虑到这次采访需要出版成书，所以就先不说了。上面说的那些话不都是把人比做狗来骂的吗？

希望不要再轻视我们狗类了。还有，那些喝养生汤的人，他们根本不清楚到底适不适合自己的身体就盲目地喝，真的需要反省一下了，不要随便听别人的话。请不要忘记狗的生命也很珍贵！

第三章 鲁滨孙的日记

美丽的她

就在我和她漫步在海边，想跟她一起创造美好的回忆的时候，有个小东西竟然飞过来妨碍我们。原来是蚊子。

我身上已经被蚊子叮了不知多少个包了。趁她不注意，赶紧挠挠。

男人也有不为女人所知道的秘密？是啊，被叮的地方是屁股，怎么能跟她说呢！

我假装从后兜里找东西，抹了点口水在屁股上。不知是不是因为口水里的成分，痒的地方神奇地好了很多。

“蚊子好多啊，你没事吧？”我关心地问她。

“我向来都不招蚊子。”

啊？不招蚊子？竟然还有这种体质？这么说，我是被诅咒的体质？

我一边埋怨着自己招蚊子的体质，一边为了驱散蚊子而寻找着蚊香。说到蚊香，我想起去姥姥家玩的时候，姥

被蚊子叮了，抹口水有效果吗?

一直湿润我们口腔的口水不仅有着消化的作用，还可以对进入口中的病原菌、有害物质等进行消毒。据一个报告称，口水可以将霉菌里的致癌物质等无力化。很神奇的是，猫和狗等动物如果身体受伤了，它们就会舔那个部位。看来这些动物们也知道口水有杀菌的作用啊!

姥说过烧一些草，烟冒出来蚊子就跑了的事情。

我在海边巡视了半天，终于搜集到了草和一些木头。一边弄着草，一边想起了漫画里的一个情景。

男主人公在大树底下给一位少女吹草笛。

我为了在她面前好好表现，在草丛里挑了几片能吹出声音的草叶子，宽一点的叶子可能好一点。这个时候，她也很认真地将那些草帮我堆到一起。我发现她人美，心更美。

要想点着这些草根本没有想象中的那么简单，我们被呛得流出了眼泪，却依然坚持着。最后总算点着了，我和她紧紧地靠在一起，眺望着大海。这时，我拿出了秘密武器。

将草叶夹在拇指和食指中间，轻轻吹了一口气。

哔……哔……

真的发出了像笛子般的声音。她瞪大了圆圆的眼睛看着我。其实我自己也很震惊，因为好久没吹过了，还担心出不了声音呢。不过我并没有表现出来，装作没什么大不了的样子，看着她又吹了几声。

她好像已经沉浸在了幸福里。我想，这次一定要抓住她的心。于是，捏着草的几根手指有节奏地动了起来。

哔哔……哔里里……

这是多么优美又动听的音乐啊！我已经完全投入了进去，以至于她叫了我几次都没听到。

"那个……"

我停下来，转眼看着她。

"说吧。"

我知道，她肯定是要赞美我，我满心期待着。

"那个，晚上吹笛的话，蛇有可能会出来哦。"

呵！怎么会这样？

我觉得非常尴尬，脸变得滚烫。

"哎呀，脸都红了。哈哈哈。"

她这么一说，我的脸更烫了。

她笑着抢走了我的草笛。

"开玩笑的！就一片小小的叶子，怎么能吹出这么好听的声音呢？"

原来是在逗我。顿时，我兴致大发，对她卖弄起我的知识来。

"如果用柳树枝的话，还可以发出更好听的声音呢。"

"柳树枝也能做草笛？怎么做？"

看样子她很好奇。于是，我开始给她讲制作草笛的秘方。

"很简单。第一，选。选那种没有分支的柳树枝。第二，剥。先剥一点树枝底下的树皮。第三，转。整个手攥上去，轻轻地扭转树枝，为的是使树皮跟里面的芯儿顺利脱离。攥的劲头不能大也不能小，还有转的时候不能过猛，不然树皮就坏了。抽空芯以后，树芯扔掉，就用树皮吹，那声音可美了。"

为什么害羞的时候会脸红呢？

紧贴着脸部皮肤的内侧有很多网状的毛细血管。当人被吓到或者害羞的时候，心脏会加速跳动，而毛细血管里的血液量就会增多，从而脸看起来红扑扑的了。

海螺里面可以听到大海的声音吗?

将海螺放在耳边，我们就可以听到大海的声音。那是因为大海的声音传播到海螺里面，与海螺的壳碰撞从而产生的现象。声音进入到封闭的空间之后，会在里面形成很多碰撞，从而与原来的声音相比，要扩大好几倍。因此很小的空气流动，人们听起来就像风一样大。管弦乐器就是利用了这个原理发声的。

“鲁滨孙真是无所不知啊。”

“不敢当，也就懂这么多。”

听到夸奖反而让我感到不自然了，手又挠了挠头。这时，被点燃的草叶冒起了烟。草烟随处飘着，只见那些猖狂的蚊子们纷纷抱头逃命去了。我的心里终于平和了，这是只属于我们两个人的浪漫大海。

我出神地望着她，美丽、善良，外加神秘。这样的女孩竟然就坐在我身边，实在难以置信。

“不会是梦吧？”

我掐了自己的大腿一下。

“啊！”

不小心喊出了声。

“怎么了？”

她吓了一跳，慌张地问道。没想到她连被吓着的模样也那么好看！

“没，没什么。”

听到我的回答她安下心来，目光又转向了大海。

“这次不是梦，绝对是真的！”

我心里那个美呀，不由得吹起了口哨。我正想着各种美事儿的时候，她突然说：

“是流星！”

我抬头向天空望去，没见着，流星已经走了。不是说对着流星许愿，愿望就一定能实现吗？

我立刻站起来，虽然有点儿晚了，但还是抱着一丝希望诚恳地许了一个愿望：请让我美丽的……

这时，她一脸兴奋地望着我。啊，就那一刻，我的心差点停止了跳动。她的笑容刺到了我的心。我几乎失神地问她。

“许愿了吗？”

“你也许了吗？”

她没有回答却反过来问我。我非常好奇她到底许了什么愿望。

“如果问你许了什么愿望，是不是不太好？”

“对啊。心里许的愿望，说出来就不能实现了。所以不要问哦！”

她伸出涂有粉红色指甲油的食指挡在了自己的嘴唇上。我感到一阵强烈的眩晕，精神是

看着流星许愿法

很久以前就有看着流星许愿可以实现愿望的说法。但是真正看到流星的人们，可能都会有因为流星太短暂而失望的经历。所以天文学家专门传授了要领，建议提前给每个愿望计数。在看到流星的时候立即喊出那些数字就可以实现更多的愿望了。

凤仙花染指甲

古代的女子们用凤仙花染自己的指甲。将花和叶子混在一起捣好之后放入白米、盐等，然后涂在指甲上染色。这个风俗原先是用来辟邪的。现今在少女们之间流传着一种说法：指甲的凤仙花色直到第一场雪都没有褪掉的话，初恋就会成功。与氧气不能穿透指甲，导致指甲变白或者裂掉的指甲油相比，凤仙花染指甲既有颜色，指甲还可以顺畅呼吸。

那么的恍惚！恍惚得不禁在心里呐喊：

“啊，美丽的公主！为什么现在你才来到我的身边！”

这就是所谓的飘飘欲仙的感觉吧。

她望着天空，说：

“星星为什么会是一闪一闪的呢？”

听到这句话，我再次暗自高兴。

“问得太好了，关于星星的事情我正好就知道这么点。哈哈！”

“星星会随着空气的流动有时闪烁、有时恍惚，星星有的是反射太阳的光，有的是可以自己发光的，但是它照亮的范围调节不了……”我兴致勃勃地给她讲了很多。

她仿佛被我的博学多才吓到了，一直盯着我的脸。弄得我不知该如何是好，赶紧躲开了她的视线。这时她微微地眯上了眼睛。

“这是什么意思？难道是想让我亲她？”

咚咚咚，我无法抑制激动的心情。

“不行。可是，这是多么好的氛围，再犹犹豫豫的可就没机会了。是的，这是个机会。亲上去试试吧。不趁现在还待何时呢？”

我的手全是汗水。我怎么也想不到，我的初吻竟然能来得这么突然。不，正因为突然，所以才兴奋。

“应该先怎么做呢？”

咕噜！我紧张得咽了口口水。似乎被她听到了，她慢慢地睁开了双眼。

“啊，别这样啊！”

我顿时焦躁不安。可是望着大海的她，竟然又把眼睛闭上了。

“看来她也想啊！”

我舔了舔发干的嘴唇。

“来，鲁滨孙。在你的人生中这种机会不会再有第二次了。”

我暗暗下定决心，慢慢地接近她的嘴唇。

但是，我这又是怎么了？心开始狂跳不止。如果有谁能听到的话，一定会认为有人在打鼓呢。我的心已经不受控制地拼命跳着。为了不被她看出我软弱紧张的内心，我全力稳住自己。

“鲁滨孙，你可以的。是啊，一定可以的。”

我向她伸出了嘴巴，心里默数：

“一，二……”

数到三就亲她！我在心里喊了三，就在快要亲上去的一刹那。

“阿嚏！”

啊，她竟然打了个喷嚏！我感觉到有几滴口水被喷在了脸上。

“啊，对不起。好像有点感冒。”

她有些不好意思，撒着娇跟我道歉。然后挪了挪屁股，在离我远一点的地方坐下了。

“是她还没有准备好，还是真的得了连狗都不会得的夏天感冒？”

不管是什么原因，总之她的喷嚏毁掉了我准备的一切。

流星到底是什么呢?

夜晚掉下的流星是漂浮在宇宙中的多种物质与地球的大气层相撞并且燃烧所形成的。这些粒状物质大部分是从绕着太阳转的行星或者彗星中脱离出来的残渣。这些物质在进入大气层之前被叫做“流星体”，一旦进入大气层被燃烧，发出红色光时被叫做“流星”。

喷嚏

喷嚏是为了将鼻子里面的异物排出体外而形成的反射机制，与咳嗽有相同的意义。在西方，如果有人打了喷嚏，就跟他说“愿你有神的祝福”。那是因为中世纪欧洲地区的人们相信打喷嚏的时候灵魂也会一起被排出去。所以每当打喷嚏的时候都会祈祷能有神的祝福。

我无法掩饰内心的失望，无奈地擦了擦脸。

“那边特别亮的星星是什么星？”

她指着头上的一颗看似要大一些的星星，问我。

“是不是织女星呢？就是一年才能跟自己的男人见一次面的那个不幸的女人。”

对星座我并不太了解。只是在去夏令营的时候知道了有北斗七星、仙后座等。如果非要再加一个的话，那就是小时候在小卖部买的星星糖了。

我不记得从哪儿听过夏天夜晚最亮的星星是织女星来着。

“太浪漫了。是谁给那些星座起的名字呢？”

她的眼睛也像星星一样一眨一眨地看着我。

“啊，好像是一些放羊的孩子们起的。”

真佩服我自己，怎么知道的这么多呢！想想也是，尽管没好好学习，但是道听途说的事情还是挺多的。有时候连我自己都有点震惊，就像现在。

对了，我们之间不是还有没做完的作业吗？还得接着做呀。我还带着依恋，虎视眈眈地寻找着机会。

“你好像对星星很感兴趣哦？”

“也不是，对亲嘴更感兴趣。”

啊，怎么说出这种话来？本来是想回答她的，可脑子总想着亲嘴亲嘴，一不小心给说出来了。这可怎么办！

她一下子呆住了，望着我。

“不是，不是那样的……”

我感到非常惊慌，一心想着怎么收场。我想要说点什么，却又说不出来。

“那个……”

我鼓起勇气刚要开口解释。突然有东西擦过了我的脸颊。

天哪！但愿这不是梦。

她，她竟然亲了我的脸！

晚上星星多的话，第二天真的会是晴天吗?

晚上星星很多很明亮，第二天肯定是晴空万里。那是因为大气层维持着稳定的状态。相反，气流的活动很多而且大气层处于不稳定状态的时候，虽然天上没有云却也看不到多少星星。

爱情是可转移的

这样的意外让我感到很不好意思，根本无法再正视她。思绪已经飘向了天空，在空中翩翩起舞。

我们两个都没有说话，气氛显得有些尴尬，我怕她听到我剧烈跳动的心，就先打破了沉默。

“很热吧？”

“有点。”

她的声音好像也有点颤抖，她接着又说：“那个，听说有流星划落就意味着世上有人去世了。每个人都有自己的守护星，如果那个人去世的话，守护星也会跟着一起陨落。”

我点了点头。是真是假已经不重要了。因为我又进一步感受到了她温暖的气息，她那又

吻的由来

爱斯基摩人曾经互相贴鼻子以示爱情。相互贴鼻子的习俗最早来自于印度。吻就是从那里发展起来的。在欧洲曾经有和刚从婚礼现场出来的新娘亲嘴的习俗，认为“亲嘴的地方会有幸运到来”。这种说法源于在战场上或者在斗争中给受伤的骑士吸吮伤口使其健康的事情。

小又美的头靠在了我的肩上。

“啊，希望这不是梦！”

我在心里默默祈祷着。

然而接下来的那一刻，我突然感到思绪混乱，脑海里出现了另一张脸。那就是马顺。

不要责怪我今天被美丽的她吸引，就把马顺的存在忘得一干二净，我也是人啊，到了关键时刻我这不还是把马顺从隐藏的记忆中拉出来了嘛。

“唉，曾自称是这个时代中最后的一个纯情派的我，竟然忘掉了马顺。”

我的心又开始自责起来，像勺子搅着一锅粥一样混乱。

可又有什么办法呢？我已经开始动心了。

“是啊，爱情是可转移的。”

扭头看了一眼靠在我肩上的她。多么美丽啊，我想，她可能是为了安慰独自旅行的我而特意下凡到人间的天使吧。

当美女不再美丽

我和她就那么一直坐着，什么话也不说，唯一能听到的只有汹涌的海浪声。不知不觉间，周围开始亮起来了。

“这么快天就要亮了？”

大失所望的我差点喊出声来。天上的星星

也渐渐模糊不清了。熏蚊子的火星也早已经灭了。她应该是睡着了，因为刚才听到了均匀的呼吸声。

这时，她突然动了动嘴，说了点什么。不是睡着了吗？难道是我听错了？

“啊？你说什么？”

她嘴巴又动了动。

“呼噜呼噜，咯吱！”

这是什么声音？难道是她……

“咕噜咕噜，呼呼，咯吱！”

就是她。她在打呼噜，而且还磨牙！

我大脑有些混乱，心情瞬间崩溃。更意想

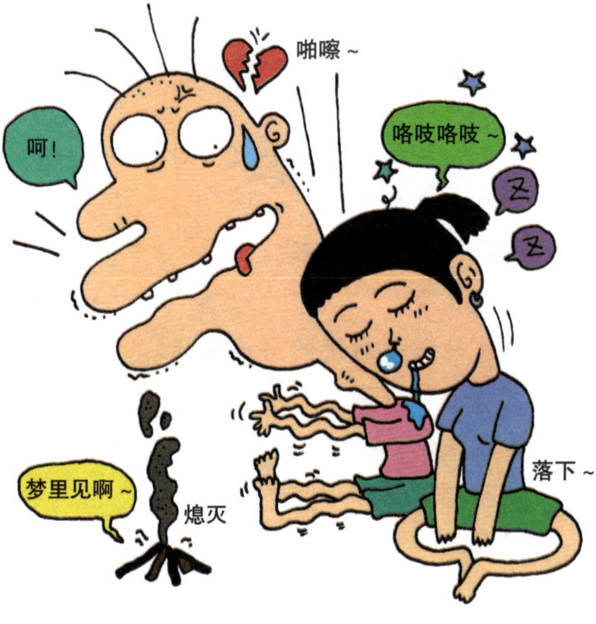

夏天是流星的旺季

流星大部分可以用肉眼看到。流星雨是流星在特定的星座集中发生的现象。8月2日左右有山羊座的流星雨，8月6日-7日之间有水瓶座的流星雨，还有7月末至8月中旬是仙后座的流星雨，都十分壮观。山羊座的流星雨与水瓶座的流星雨在韩国是出现在凌晨以后，东南方向。以星座为中心每小时会出现5-20颗的流星。出现在东北方向的仙后座流星雨是能在地球看到的最大的流星群。每年8月12日至13日可达到峰值，每小时大约有50-100颗流星像暴雨般划着一道道白线出没在天空中。

咯吱咯吱地磨牙

在睡着的时候磨牙的人占正常人的5%—15%。特别在幼儿期、思春期相对频繁出现。磨牙是因为睡着的时候由下颚的肌肉活动而摩擦上下颚造成的现象。人不会因为磨牙而自己醒过来或者发现自己在磨牙。

不到事情还在后面。

“啧啧，还是在海边吃的生鱼片最好吃。”

她说起了梦话！

事情还没有结束。顺着她的嘴竟然流出了口水，我的肩上湿了一片。

其实，之前就感觉肩膀有点凉凉湿湿的，不过没想到会是她的口水，我以为是自己太紧张被汗水弄湿了。谁想……

就那么短暂的几秒钟，我对美女的梦想和幻想全部破碎了。

我气得喘着粗气。发现肩膀有些麻，就像被电击中了一样刺痛。

她的这些无意识的行为让我愤怒起来。

我动了动肩，她微微地睁开了点眼睛，然后闭上又睡了。

我又使劲动了动，她依然安详地睡着。

“不能再忍下去了。”

我无法抑制心中的怒火，对她喊了一句。

“起来了！”

她腾一下睁开了眼。

“什么事？”

这是她醒来后说的第一句话。

“还问什么事？”

真是快让人疯掉了！

“马顺，请原谅我。”

我在心里呐喊着。

与她一起的早晨

太阳徐徐升起。

如果非要说一说我此时的心情的话，应该是像被一块大石头砸了头，感觉眩晕，或者像是跳进去不到50厘米深的水里游泳，大概就是这样。

但是我又不甘心我对美女的憧憬就这么轻易地被糟蹋了，不住地在心里劝着自己。

“这也不能代表她的全部形象。是啊，鲁滨孙。去看一看她好的一面吧。”

我仔细端详着她的整体。内心还期待着昨晚那份激动再次涌上来。她转过头看着我说：“你看，无论是白天还是晚上，大海依旧是那么美丽。”

“晚上？你不是早就睡着了吗？”

我瞥了她一眼，就这不经意的一眼，让我发现了令我更加丧气的事情。她的眼睛已经失去了昨晚的明亮，双眼布满血丝，而且还有很多眼屎。

我惊慌失措，双手捂在脸上，一句话也说不出来。她一脸疑惑，歪着头问我：

“怎……怎么了？”

我陷入极度混乱中，不知道该说些什么，只是呆呆地坐在那里。

“鲁滨孙，在想什么？”

她有些担心我。

“没……没什么。”

为什么会说梦话？

人在睡觉的时候有时候说梦话。一般来说，晚上说梦话的人是平时压力较大或者心理状态不安造成的。所以只要缓解压力就可以减少说梦话的情况。自言自语的梦话是在浅睡眠的时候经常发生的，长时间清楚地说话是熟睡的时候经常发生的。浅睡眠时说的梦话与自己所做的梦有所关联，所以叫醒之后能想起一些，但是熟睡时所说的梦话跟做的梦就无关了，叫醒之后会完全记不得说的什么。

上了年纪睡眠真的会减少吗?

实际上，即使是上了年纪，身体所需的睡眠时间还是没有变的。只是人们到了60多岁，深度入睡的睡眠状态会减少，经常会醒来，但在白天往往会经常犯困。据动物行为学专家德斯蒙德·莫里斯说，孩子们每天经历着完全新鲜的世界，在睡觉的时候会整理并分类出新信息，所以才能睡得熟。相反，老人们的大脑里已经输入了很多信息，即便遇到了新事物，整理起来的时间也会相应减少，所以不能进入熟睡，很早就起来了。

我的忍耐到了极点，看都没看她一眼，硬生生地回了一句。

“啊，你在这儿稍等一会儿。”

她拿起包去了公共卫生间。

“是啊，美女也得上厕所啊。”

我打消了对她的所有倾慕，只想尽快逃离。

一段时间过后。

“猜猜我是谁？”

她从背后悄悄蒙上了我的眼睛。她的声音依然充满了娇滴滴的口气，但是我再也提不起任何兴趣来。

“哎呀，你猜不出来吗？”

我没有回答直接把她的手从我眼前拿开。

“该走了吧？”

看到我表情冷淡，她又问我怎么了，我照旧冷酷地回应了她。那种冷酷我自己都感觉不太好意思。

“哦，我得做公交车回去。你呢？”

她感到气场不对，说话变得吞吞吐吐。

我想马上就跟她分开，但是对于礼貌地活到当下的我来说，怎么能让一个姑娘自己走呢。

“我送你到车站吧。”

“不用，没关系的。”

在我的坚持下，两人沉默地走到了车站。

在最后时刻我偷偷瞥了她一眼，发现她不知不觉中又变回了昨天美丽的模样，都说女人的变身是无罪的，我应该原谅她的，毕竟她也昨晚让我动过心……这时我发现自己不过是注重他人外貌的烂人罢了。

“啊，巴士来了，我要走了。”

她上了车。

“鲁滨孙，有缘再见吧。”

她挥了挥白嫩的手。找好座位坐下后，又向我挥着。我冲她点了一下头，露出苦涩的微笑。

车上只有她自己一个人，巴士很快就开走了。那时我才感到有点遗憾，应该留个电话，做不成恋人做好朋友也不错啊。

“现在追上去还来得及，抓紧时间吧！”

我朝着巴士跑去。她看到后笑着挥挥手，让我不要再送了。

我拼尽全力终于追上了巴士，抓住了伸出窗外的她的手。然后边跑，边在她手心写下家里的电话号码。

号码刚写完，巴士就飞也似的消失在了滚滚灰尘中。

“打电话啊！”

我朝已经远去的巴士大喊一声。它已经从我眼前消失了，但是我的眼睛久久不曾离开。

湖水般清澈的眼睛也会有眼屎吗？

眼屎是由眼睛的表皮细胞、眼泪以及眼皮下的分泌腺分泌的油脂等多种物质混合而形成的。突然眼屎比平时多的话，很有可能是因为感染或者疾病造成的。身体虚弱或者细菌、病菌等大量入侵的话眼睛就会发炎，产生大量眼屎。如果得了感冒、过于劳累或者喝了太多酒，造成眼睛的抵抗力降低的话，第二天也会产生很多眼屎。

哎，我为什么
做什么事情都
不顺呢？
bye bye
眼泪流下～
是不是因为
你太傻了？
什么都没有，
要求还那么高！

夏日的星座

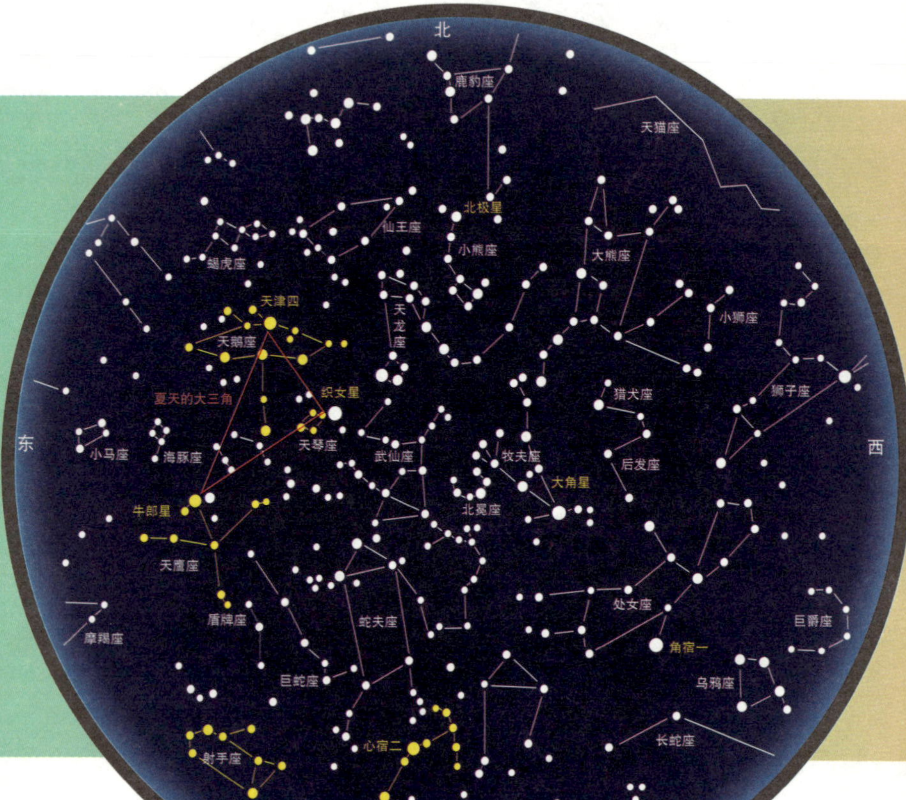

北
鹿豹座
天猫座
北极星
仙王座
小熊座
大熊座
蝎虎座
天津四
天龙座
小狮座
天鹅座
织女星
夏天的大三角
猎犬座
狮子座
东
小马座
海豚座
天琴座
武仙座
牧夫座
后发座
西
大角星
牛郎星
北冕座
天鹰座
处女座
盾牌座
蛇夫座
巨爵座
摩羯座
角宿一
巨蛇座
乌鸦座
心宿二
长蛇座
射手座
天蝎座
南

天琴座

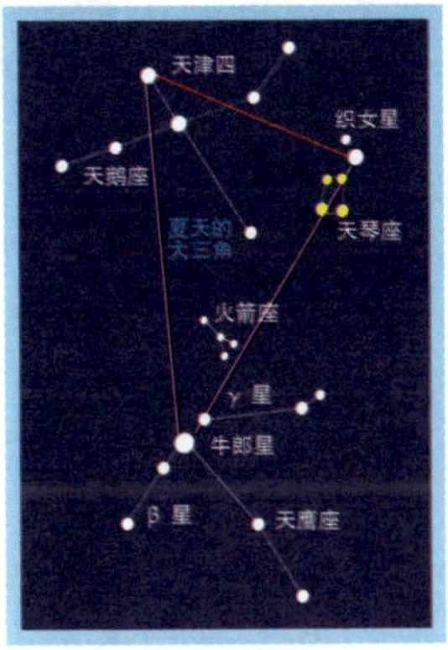

8 月末，头顶方向的天空可以看到那颗最亮的星星，就是每年只能跟喜欢的人见一次面的织女星。以这颗星星为中心的星座就是天琴座。

织女星是用来衡量星星亮度的标准星，所以是非常重要的星星。

寻找方法

织女星下方挂着的四角形星座就是天琴座。或者可以将天鹰座的 α 星——牛郎星与上下的 β 星和 γ 星连线之后延长，过了银河就可以找到织女星。

天鹅座

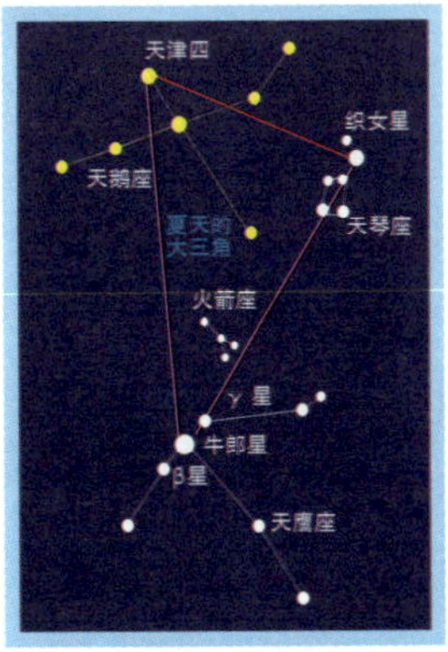

夏季末在银河中由五颗星组成的十字形星座就是天鹅座，一位爱上自己身边朋友的，名叫赛格努斯的少年就属于这个星座。

这个星座是托勒密命名的 48 个星座中的一个。在 2000 年前，一个名叫赫拉托斯的希腊人将它命名为天鹅。

传说这个星座中间有黑洞（Black Hole），被称作“天鹅 X-1”。天鹅 X-1 能释放高能量的 X 射线，而且在亮度上几天会有一次变化。这个黑洞是由一颗大质量恒星塌缩形成的，是银河系最著名的黑洞。

寻找方法

天琴座的织女星旁边有一个闪亮的星星，朝那个方向一直延长下去，会碰见天鹅座里最亮的星星——天津四。天津四星位于天鹅座的尾部，将它与天琴座的织女星、天鹰座的牛郎星连结起来就能形成夏天的大三角。

天鹰座

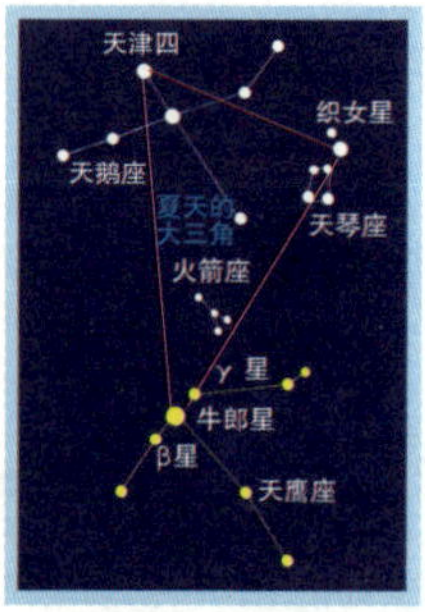

天鹰座这个名字来源于一个故事。一个名叫伽倪墨得斯的美丽少年迷恋宙斯，后来宙斯变成一只鹰来掠夺他，这只鹰就是后来的天鹰座。

夏天的天空由银河一分为二。天鹰座坐落于南部银河的中心位置。整体看上去它就像一只飞降的鹰在空中翱翔。在这个星座中最亮的星星就是织女的恋人——牛郎星。

寻找方法

天鹰座是比较容易找到的星座之一。夏天先找到头顶上的天鹅座，然后沿着银河向南就可以看到跟天鹅座非常相像的一个星座， 那就是天鹰座。另一种方法就是利用“夏天的大三角”，它南边的星座就是天鹰座。

射手座

夏季末在南部天空的下方，你会看到位于银河最亮部分的半人半马的勇士喀戎的星座。此星座中最显眼的是与北斗七星非常像的南斗六星。

像婴儿用的勺子似的射手座，完全可以用肉眼看到。此星座的名字来自中国，如果北斗七星是支配“死”的星座的话，那么南斗六星就是支配“生”的星座。

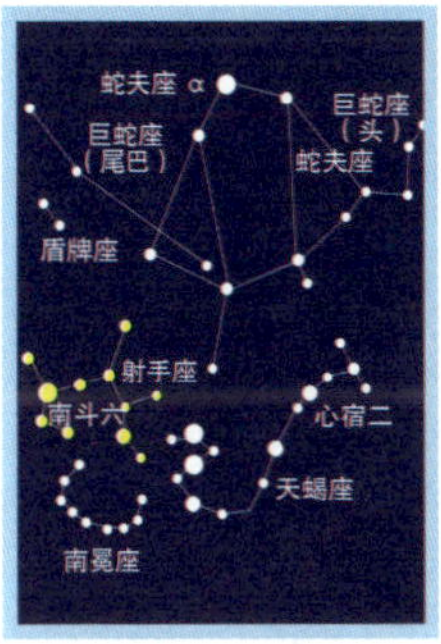

寻找方法

在动作好似射箭一样的射手座的西方，有一个很大的天蝎座，所以可以通过先找天蝎座再去找射手座的办法。或者可以从天鹰座的织女星找起，它的正上方有 4 颗星星排成一个 “人”字形的星座，那就是射手座。

天蝎座

天蝎座是天上的女神赫拉派去杀死猎人奥赖温的一只毒蝎。

这个星座聚集着各种颜色的星星，使得夏天的夜晚更加美丽。

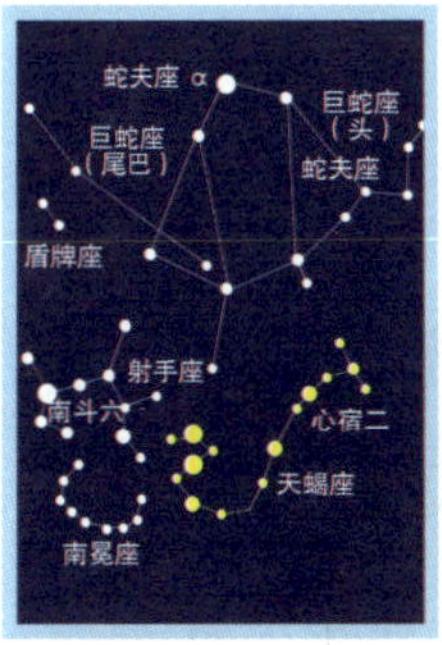

寻找方法

当你面朝南方的天空时，可以在银河落向地平线的地方找到天蝎座。这个星座明显且非常美丽，所以很容易找到。

以地平线附近的银河中最红最亮的星星——心宿二为中心，将 15 颗星星依次排列成 S 型形状的星座就是天蝎座。

天琴座的故事

观察地区：北半球
观察时期：8 月
子午线通过：8 月 27 日 pm 9:00
星座的星星颗数：35 颗
大小（排名）：285.5° （第 51 位）

在希腊神话中，相传天琴座是太阳神阿波罗之子奥菲斯所弹的七弦琴。

这把七弦琴由天使汉密斯发明，献给善于音乐的阿波罗，阿波罗再送给奥菲斯，由于七弦琴琴音极美，奥菲斯又从父亲那儿习得一手好琴技，且能诗会唱，所以无论天上的神仙、人间的男女还是动物们都被他弹奏的曲子所感动。长大成人之后的奥菲斯与欧律狄克结婚了。两个人相亲相爱，过着幸福的生活。

然而好景不长，那天，妻子欧律狄克与精灵们一起到丛林里散步，不幸被毒蛇咬死。

痛失爱妻的奥菲斯每日以泪洗面，唱着悲伤的歌曲。

时间越长，奥菲斯就越加想念妻子，所以他想请求神仙们将妻子救活。奥菲斯穿过亡灵聚集的道路后，他来到了冥界之神珀耳塞福涅的住处，并且弹起了天琴，唱起了歌。

“冥界的各位神仙！请听我唱一首歌曲吧，希望各位神仙能给予我妻子一个新的生命。我愿意把我的命运献给各位神仙。”

奥菲斯的歌曲和演奏非常悲伤并且非常诚恳。

冥界之神珀耳塞福涅和哈迪斯被感动地流下了眼泪，表示愿意实现他的愿望。

“奥菲斯，你的妻子就在那儿，带她回去吧。不过，千万要记住，到阳界之前绝对不能回头看。”

奥菲斯叩了几个头以示感谢，然后抓着妻子的手就往回走。通往阳界的路不但窄，而且还很陡。

奥菲斯在前面，很快来到了阳界的大门，可是妻子还没到，他非常担心，很想看看她走到哪儿了。可是冥界之神说了不能回头看，但是他又实在不放心，结果，奥菲斯转过头看了后面。

就在他回头的一刹那，妻子欧律狄克被远处的黑暗吸了进去。

奥菲斯后悔不已，用力地捶打着自己，后悔自己为什么做出那么轻率的举动。于是，他每天以泪洗面，除了抱着天琴唱悲伤的歌外什么都不做。最终，奥菲斯也离开了人世。

“这回终于可以见到妻子了。”

他走得很安详，脸上还面带喜悦的笑容。精灵们将他安葬好后，把他的天琴放进了河水里，让它顺流而下。知道这件事的宙斯对奥菲斯至死不渝的爱情大为赞誉，将他的天琴放到了天上的星星中间，成为了天琴座。

寻找外星人

从外星来的朋友们

1. 小恐龙 杜里

名字：杜里

性别：男

年龄：无法计算

出现：乘坐南极的巨大冰山，来到了这里。经过了解之后才知道，在两亿年前他与恐龙妈妈分离了，真是可怜的孩子啊。

外貌衣着：身体是绿色的，手和脚还有肚子是白色的。身高1米多一点。要说最有魅力的地方还属圆圆的尾巴、鼓出来的肚子以及轻微垂下的眼睛。

特长：在遇到困难的时候会念出“呵咦”的咒语，从而发挥超能力，将困难击败。

兴趣：贪吃，从不挑食，喜欢睡午觉，开别人的玩笑，破坏家里的东西，到奇怪的地方去旅游。

2. ET

姓名：ET

性别：男

年龄：无法知道

外貌衣着：身高1米，像面包似的脑袋，青蛙一样的眼睛，肚子和屁股是鼓出来的，脚上长着脚蹼，跟两腿相比，脖子和手指很长，走起路来踉踉跄跄像是随时要摔倒一样。

职业：离地球三百亿光年的一颗行星中的生物学家。

出现：为采集植物乘坐飞船而来到地球，结果很不幸，他被同伴抛弃了，所以只能一个人留在地球，现住在埃利奥特的家里。

特长：能从长长的手指和脚趾尖喷出烟火，射出激光，瞬间就能将伤口愈合。他还能用舌头分析植物的成分，简单就能掌握外语，声音合成。

弱点：喝几杯啤酒就会醉。

兴趣：用食指比力气，骑自行车进行飞行。

3. 超人

姓名：超人（人名：*** 克拉克）

性别：男

年龄：大致二十多岁至三十出头

外貌衣着：身高 1.95 米，体重 101 公斤，身披蓝色披风，穿紧身裤，而且还是内衣外穿，把内裤穿在裤子的外面。上衣标有 S 字，喜欢展示富有肌肉的身材。当伪装成克拉克时，为了达到装傻的效果，戴上黑框眼镜。

职业：地球特工或者记者

特长：具有透视能力，能通过眼睛发射激光。抱着女人飞行。

习惯：一只手伸向天空飞行，将公共电话亭当做更衣室。

第四章 神秘的大自然

恐高症

坐上显得发旧的乡村巴士，透过车窗就可以闻到青草的芳香。鲁滨孙两眼直勾勾地望着窗外，想着昨晚发生的事情。想到她在他的脸上竟然吻了一下，脸不由得红了。

跟她一起度过的有流星的夜晚，搬草时她的认真，吹草笛、讲星星故事、说如何制作柳树笛时她天真的表情和明朗的笑容，那点呼噜声又算得了什么，人累的时候都会打呼噜的呀。

“如果不那么冷酷地对她，或许还能做个很好的朋友。”

鲁滨孙回忆着不久前刚刚发生的事情，不断地反省着自己。

外面凉爽的风，嗖嗖地吹进了袖子里，让他的精神振奋起来，思绪也渐渐回到了现实。

车子已经离开了土路，正绕着山脊一路盘旋。鲁滨孙为了更好地欣赏窗外的风景，把头伸了出去，往下一看。

顿时，腿脚发软，脑袋眩晕，差点失去意识。

“啊！难道车子飞起来了？”

在电影里看过汽车飞起来的情景，可这不是电影，是现实啊。

鲁滨孙大脑一片空白，陷入了恐慌。怎么这样了？他急忙看了看身边的人。更让他吃了一惊，他们依然非常平静地做着该做的事情。像山贼一样留着大胡子的叔叔一边哼唱着歌一边欣赏窗外的风景，背着婴儿的老奶奶舒服地打着盹儿。

难道刚才看错了？鲁滨孙揉了揉眼睛，又探出头往车轮下面望去。这回才发现车子并没有飞，依然在山路上奔驰，因为路很窄，所以看不到地面。不过山路旁边就是深不可测的悬崖。无论怎样，这种情况真是太危险了。一旦司机大叔分心踩错刹车，那我就直奔黄泉了。

鲁滨孙的脑海里再次出现了飞机坠落事故的现场。

“啊啊啊，会不会掉下去啊？”

鲁滨孙哆嗦着双腿，后背冒出了冷汗，感觉头发都竖起来了，这感觉就跟坐过山车一样，头晕，想吐。

“要镇定，鲁滨孙。”

“呕，呕……”

可是他还是不停地干呕着，脸色变得苍白。

“转移思想，鲁滨孙。想象这是在平稳宽阔的公路上。”

错觉

错觉是指人眼看到的跟实际对象不一致的现象。错觉现象之一就是天上的星星看起来在闪动。同样在黑暗的房间里点亮一个小灯泡，一直看着它就会感到灯泡会动。这种不动的物体看起来像在动的现象叫做“自动运动效果”。夜间，为了避免飞机的碰撞，高楼楼顶会亮起红灯，而且这些红灯并不是一直亮着的，而是设定成闪亮的。其原因也是为了避免由于自动运动效果引起的错觉。

然而心里那么想，可脑子却一直显现着巴士掉进悬崖的场景。鲁滨孙害怕因为自己的一点小动作导致汽车的重心偏移，所以头也不敢扭，身体动也不敢动地紧闭双眼，默默地等待着时间快点流逝。

时间一分一秒地过去了。刚才左右摇晃的巴士终于恢复了平静，看来是从危险的山路里走出来了。

鲁滨孙将眼睛睁开一条缝，向窗外瞄了一下，依稀看到了一排低矮的房子。

“呼……”

终于可以松一口气了。鲁滨孙下了车，那辆巴士卷着尘土又开走了。因为过于紧张，两腿还没有恢复力气。他一屁股坐在地上，仰头看了一眼太阳，虽说现在是早晨，但太阳还是有些毒。

走光了

“这里跟之前没什么差别。”

鲁滨孙强打起精神，绕过稀稀拉拉的几间房后，走进了山路。蝉在树上欢快地叫着，像是在欢迎他的到来。

远处有一座大山，他希望翻过这座山眼前立刻会出现非常茂密的树林。

鲁滨孙呼吸着清爽的空气，慢慢地爬着山。

为什么会晕车呢?

晕车是由于汽车或者船舶的震动而产生的不愉快的症状。这种症状除了在乘坐时会出现，还有可能在看到某些动的物体时也会出现。这是由我们耳朵里三个半规管的中枢感官和视觉的差异形成的，也就是说，两个感官的感觉相反时会形成混乱。例如，身在移动的船舱里的时候，三个半规管会感觉到移动，而视觉感到的却是静止。还有在看立体电影的时候，视觉上感觉是在移动，但是三个半规管感觉到的却是静止的。

为什么山里会更凉快呢?

海拔每上升100m，气温就会平均下降0.6℃。即1000m高的地方，气温要比平地低6℃。

一般气温在下午2-3点的时候最高，在凌晨太阳升起之前最低。由于山的海拔和植被覆盖，温度会更低。

迎面吹来一阵风，吹得树上的叶子沙沙作响。奇怪，山下热得像火炉，到了山里却惊人地凉快。额头上的汗珠被风一下子就吹走了。

“啊，真爽啊。还是站高处凉快。也对，海拔越高，温度就会越低，自然就会凉快了。加上茂密的树林，阳光也不能轻易穿进来，夏天山里真是比大海好多了。哇，好舒服啊！”

走在茂密的树丛中，鲁滨孙仰望天空，只能看到像被打了洞一样手掌大小的空隙。他深吸了一口新鲜的空气。

感觉耳朵嗡嗡直响。他怕是错觉，用手掌在耳朵上用力按了按，松开后还是在响，那声音就像火车过山洞时一样，嗡……

“啊，弄得我的头都开始嗡嗡响了。会不会是气压太高的原因？”

鲁滨孙想起了以前学校组织大家去山里野营做饭的事情。闷了好久米饭就是熟不透，大家都很奇怪，当时他还因此恼火、埋怨了半天，后来还是一位学长说，试试用石头压住锅盖，结果还真管用了。

那位学长说：“因为山里气压低，水不会在100℃沸腾，到了70-80℃的时候就已经到达了沸点了，所以米饭熟不透。用几个石头压住锅盖是为了提高锅里的压力。”

他又想到坐飞机那次，乘务员让坐在他旁边的奶奶咽口水来减少耳鸣的情景。

“是不是咽口水能调整身体的压力？”

不管管不管用，鲁滨孙先试了一下。然后他神奇地发现耳朵竟然不响了，比之前还要通透。

他听到小鸟叽叽喳喳的叫声，小溪潺潺的流动声，风透过树叶缝隙吹在鲁滨孙的鼻尖上，感觉是那么的轻柔、舒服。在这没有人的地方，闻着青草和绿树散发出来的清香，鲁滨孙全身有说不出的轻松和自由。

“啊，好久没有感受到这种感觉了！”

山里的一切仿佛只是为他而存在。

一想到一个人，他就想到了裸体森林浴，电视上就是这么演的，把衣服脱光，将自己置身于大森林中。

“据说森林里的树可以释放净化血液、解除压力的物质。哈哈，那我还等什么。”

鲁滨孙笑嘻嘻地开始一件件脱着衣服。衬衫、裤子、底衫……连内裤都脱掉的他突然停下来，想了想。

“袜子也要脱吗？不行，有点危险。不晓得什么时候会有蛇出没呢。袜子跟鞋最好还是穿着吧。”

他又穿上了袜子和鞋。看着一丝不挂，却还穿着袜子和鞋的自己，鲁滨孙觉得很搞笑。

“这形象也太难看了。”

难看就难看吧，反正也没人看到。想到在这茂密的森林里光着身子，他觉得实在是太刺激了，心跳也加速了。这时，他理解了在隐蔽的溪涧洗澡的仙女的心情。从头到脚底，他感

山上的天气经常变化多端的原因

空气遇到高山会沿着山坡往上爬，随着空气的上升，气压的降低，空气的体积会慢慢膨胀。而气温的下降又会使达到饱和状态的空气形成雾或者云，甚者会形成雨。所以即使平原的天气晴朗无云，山上却有可能在下着雨。

森林浴

植物生长旺盛的6月至10月最适合森林浴。树释放物质的作用在早上最为旺盛，所以在无风的晴朗天，上午10点至12点之间穿上透气性好的衬衫跟短裤最好。年龄大的树比小的树更好，针叶树比阔叶树更好。比起山顶和山脚，山腰森林浴的效果最好。

到树林的绿色气息正形成一缕青烟一点一点地渗入他的体内。

“在森林里沐浴的感觉，就像整座山都进入了我的身体。啊，清爽。山在鸣，树在叫，我的心也在呐喊。”

鲁滨孙仰起头，展开双臂做着有氧呼吸，然后又踢踢腿，扭扭腰，撅撅屁股，做起了别扭的健身操。

“啊，要是有杯冰水该多好啊！”

鲁滨孙来到满是石头的山涧中，山涧中有一口冒水的泉眼，他张开大嘴直接喝了起来。

咕咚咕咚……

“啊，我的牙！”

他皱紧眉头，一脸痛苦的表情。

“哇，好凉，牙都疼了。”

鲁滨孙仔细观察了一下泉眼。水里竟然还有冰。再看周围的石头，确实与众不同。

“难道这里是……”

这地方就是冰谷。冬春结过冰后，过了处暑才能融化的神秘的低温地带。单从名字上就能体会到这地方又冰又冷的感觉。

“哇，太神奇了。原来这就是传说中的冰谷。据说这冰谷的秘密至今还未揭开！大自然真是充满了神奇色彩呀。”

咕噜……咕噜……

嗯？正在做科学探索的时候怎么发出如此泄气的声音？唉！都是因为刚才运动过量的缘故，现在能量全部消耗完了，肚子也叫了。鲁滨孙可怜地摸着瘪瘪的肚子。就在这时。

“喂，年轻人！”

是谁？鲁滨孙吓得心都要跳出来了。朝着声音望去，发现一位身材瘦小的老奶奶拿着大网兜正往这边走来。她头发灰白，还穿着白色的衬衫，样子十分怪异。他心想刚才也没见有人啊，怎么突然冒出个浑身都是白色的老奶奶啊？她从哪儿出来的？鲁滨孙一副疑惑的表情，提高了警惕，磕磕绊地问道：

“您……您是谁啊？”

“你是谁啊？一大早在山上跳来跳去的，

韩国著名旅游景点——冰谷

有种现象叫做断热冷却现象。断热冷却现象是指在低温饱和状态的空气，突然遇到又高又干的大气时，会急剧碰撞，从而吸收周围的热量，导致气温急剧下降。例如，空调的冷空气在遇到周围环境热的大气的时候，空调的出风口处会形成水滴。冰谷是渗进石头岩石缝里的热空气在岩石里冷却之后，再次流到又热又干的大气中。推测认为是这些几乎饱和的空气急剧膨胀吸收岩石表面的热量所致。但是也有与此不同的其他意见，所以准确的原因尚不确定。

森林浴的特征
大树们为了在病菌中保护自己，会释放出植物杀菌素，此物质可以净化空气，解除压力，皮肤接触到就会有清爽的感觉。所以人们将自己的衣服脱掉，尽情享受大自然带来的身心呼吸。

听说附近村碾米厂厂长家的孩子精神有点不正常，整天不穿衣服在山上跑。看来是真的。这可怎么得了！年纪轻轻的。”

“啊，不，不是那样的……”

鲁滨孙被老奶奶连珠炮似的话说得一愣一愣的。

“不是什么啊不是，看你这样子就知道了。”

老奶奶微眯着眼睛上下打量着他。看到老奶奶的眼神，鲁滨孙这时才意识到自己没穿衣服。

“天哪！”

鲁滨孙迅速拿起背包遮住了自己的身体，一屁股坐在地上，脸也变得通红。

“哎呀，别遮了，已经看到了。原来知道害羞，这说明精神又恢复正常了。行了，快点穿上衣服吧。”

就在老奶奶自言自语的时候，鲁滨孙迅速拿起衣服胡乱地穿上了。

“咳……咳……老奶奶在这里干什么？”

鲁滨孙依然有些不好意思地问老奶奶。

“看你跳舞啊。”

“什么？从什么时候？”

“还能什么时候，你脱掉衣服扭动的时候啊。”

鲁滨孙立刻火冒三丈，追问道：

“那你怎么不出声啊？”

“如果是你，你会出声吗？”

“老奶奶！”

他的眼睛像蝶鱼眼一样瞪着，看着老奶奶

喊道。

“哎哟，耳朵都要被你震聋了。谢谢你哦，让我看到了最好的风景。”

咕噜噜……。鲁滨孙的肚子又叫了。

“哎呀，看来没吃饭哦。也是，一大早就在山里折腾，肚子肯定会饿的。我带了点饭团，你想吃吗？”

听到饭团，鲁滨孙的脸色立即好了起来，一把接过来就直接往嘴里塞。

“啊，好辣！老奶奶，这个怎么这么辣啊？放什么了？”

嘴里像着了火一样烫得生疼。鲁滨孙不知所措地张开嘴，用手使劲扇着风。

“感觉一下子就精神了吧？这就是我这老太太的独门暗器，辣椒酱饭团。”

虽然很辣，但是鲁滨孙照样吃了个精光，那吃相就跟恶鬼附体了似的贪婪丑陋。饭团吃完了，他感到有点尴尬，不自然地看向大树。在被树枝分散的光线间，他发现有团黑乎乎的东西，估计是鸟窝，里面好像还有什么东西在动。

长长的，还毛茸茸的，被灰黑色的长毛覆盖着。

“在孵蛋吗？那长长的毛不像羽毛啊！”

“老奶奶，你看那个。那是什么呀？”

鲁滨孙的好奇心又发作了，眼睛发出了亮光。

“看到什么了？我年纪大了，眼有点花。”

老奶奶揉了揉眼睛，又向鲁滨孙指的方向

饿的时候肚子为什么会响呢?

食物进到肚子后，在胃和肠中与空气混在一起进行运动。但是到了饭点儿还没有食物进来的话，肠胃里的气体成分就会随着肠胃的运动独自运动。所以会有声音出来。

为什么吃到热的或者辣的东西会流鼻涕?
感觉到辣味的地方并不是舌头，而是嘴里的黏膜。产生辣味的成分——辣椒素，会刺激黏膜，然后那种刺激会传到大脑，从而会感到辣味。之后辣的食物进入胃刺激胃黏膜，胃会立刻变热。为了冷却它，血管会膨胀，新陈代谢也会变得更加活跃，所以会流汗或者流鼻涕。

试着看过去。

“哦，那个啊，是松鼠。”

鲁滨孙突然起身，抓住树干就摇晃起来。

“哎呀，刚吃饱怎么又要折腾啊？”

树上的小家伙被吓得跳了出来。

“啊，是红鼠！”

老奶奶解释道。

“红鼠？样子跟松鼠差不多哦。”

“嗯，乍一看很像，但是仔细看就不同了。松鼠有条纹，个头还小。而红鼠要比松鼠大，身上的颜色还更深。”

为了能更清楚地看到红鼠，鲁滨孙想更加用力地晃动大树。然而树本身就又粗又大，怎么晃都不动弹，这可惹恼了他，拿起地上的橡子对着红鼠就扔了过去。

突然，鲁滨孙头上中了一镖。

“那东西竟然砸我……你给我站住！”

“让它走吧。应该是刚从野鸽子窝里睡醒，没精神呢。”

“睡午觉？怎么还是在鸽子窝里啊？”

“我总来山里转悠，看到这些稀奇的小家伙就会留意观察一下。红鼠大概有三四个窝。有时会在橡子树附近搭个简单的，只要这个窝附近有食物就行。有时也会在其他动物的空窝里睡午觉。因为春天孵出来的小鸟都长大了，飞走了，只剩下这些空窝，这些聪明的红鼠就利用上它们了。”

“难道它们就在这几个窝中间搬来搬去吗？”

“有专门孕育后代的窝，它们有时也会在橡子等食物多的地方建个像棚子似的窝，临时过来休息一下。”

在强烈好奇心的驱使下，鲁滨孙决定亲眼确认一下。他将身体紧紧贴着树，一点点往上蹭，但是没几下就滑下来了。

“你这家伙，树都没爬过，难道认为能爬上这么高的树吗？算了吧。”

“我想看看窝里到底有什么。如果看不到的话我心里会不舒服的。”

“你还真是固执。不用看了，肯定就剩几

韩国夏天的候鸟

韩国夏天的候鸟是指春天从南方飞过来在韩国繁殖，然后秋天再为了过冬，飞到南方的鸟。现在能观察到的夏天候鸟有牛背鹭、小白鹭等白鹭类，还有大苇莺、扇尾莺、小千鸟、环颈鹭、小燕鸥、夜鹭、绿蓑鹭等。

如何建造冰屋
建冰屋的过程是很难的。男人们把堆积的较坚固的雪或冰用刀切出砖头形状。然后用这些冰块建一座球形屋顶的房子。房子大致建成后，女人们就进入房子里，点起油灯提高室内温度。室内的温度升高，冰做的砖头就会开始融化，但是屋顶是球形的，所以不会塌下来。冰砖头会吸收融化的水而变得潮湿。这时候把油灯灭掉，打开门，让冷空气进入房间，室内温度会突然下降，冰砖头跟渗进来的水会一起冻住成为冰。最终，每个冰砖头会冻在一起，形成一个大块的冰屋。

根羽毛而已了。”

“还没看怎么知道？”

“当然知道了。你知道它们的速度有多快吗？吃松子用不了10秒钟就能吃完。它们甚至能在极短的时间内接住掉下来的橡子，然后再搬到窝里。”

“它的食物都是放在窝里的？”

“不是，这帮家伙非常狡猾，都是把食物放在地面上，再盖上叶子。它们会把核桃、榛子、橡子等食物藏起来，慢慢地一个个吃掉。红鼠是成双成对生活着的，在地面奔跑的话速度会比较慢。一旦上了树就变成神速了，从这棵树到另一棵树只是一眨眼的工夫。”

“有那么快吗？”

“看了还不知道？这些家伙为了自己的窝不被发现，看见人类就往别的鸟窝跑，而且还故意气你，还不逃跑。就像刚才那样，摘了果实就砸人们的头。”

“啊，老奶奶，你看，那个是松鼠吧。哇，这里简直就是动物的王国，竟然能这么近距离地看这些动物。”

“这山上到处都是红鼠和松鼠。有什么大惊小怪的？”

“松鼠也会在别的窝里休息吗？”

“那还真不清楚了。我没亲眼见过。这些家伙一般会住在地底下岩石洞里。它们都是把食物拿到岩石上面坐着吃。红鼠跟松鼠看着像，但是习性不同，听上去是不是很神奇？”

“是，太神奇了。小时候我只在动物园看到转轮盘的松鼠，今天能在这看到爬树的松鼠，简直太感动了。”

已经被大自然迷住了的鲁滨孙一路跟着老奶奶，见到什么问什么。

“哇，这花好漂亮。老奶奶，这叫什么花？”

“这是山萝花。听说有个媳妇总受到婆婆的折磨，一口饭都吃不上，后来饿死了，这朵花就是这个女子的化身。唉，没时间跟你说这个了，听说今天下雨，我得下山了，你要上山就得走快点了啊。”

老奶奶拿起装有野菜的网兜急忙往山下走去，看着渐渐消失的那个灰白色的背影，鲁滨孙心中一阵空虚感油然而生。

他看着山萝花，粉红色脆弱的小花开得很漂亮，就像老奶奶讲的故事中的那个漂亮的脆弱女人。

“这里也有花蜜吗？”

“啊！”

他向花蕾伸出手的瞬间看到了蜜蜂，收手已经来不及了，被蜜蜂狠狠地蜇了一下。他立即用指尖把那毒针拔了出来。幸亏毒针扎得不深。鲁滨孙吸吮着伤口。

“唉，小蜜蜂啊，你怎么就这么喜欢我啊？”

为了让伤口尽快愈合，鲁滨孙拉开裤子的拉链，用天然的氨水冲了冲指尖。

“嗯，这可是最管用的常备药啊。”

有益健康的花朵

花朵不仅仅是因为好看而让人大饱眼福的，它对我们的生活也有很多影响。以前中国三国时期有一位著名的大夫就用布裹住花香料，让患者戴在身上，治愈了他们的肺结核、腹泻等疾病。花中的花青素有助于促进体内毛细血管的活跃性，从而使皮肤更富有弹性。

夏雨
夏天的雨有多种名称。打在身上像鞭子抽打一般的雨叫做鞭子雨；能看到雨滴的滂沱大雨；洒水一样的倾盆大雨，这些都是用来描述大雨的名称。它还有一个名称，叫做“睡眠雨”。因为夏天下雨就什么事都干不了，只能睡觉，所以起了这么个名字。

怕蛇的人偏偏遇上蛇

鲁滨孙折下一根树枝，拍打着草丛慢悠悠地走着。时间过去了好久，但是连寺庙的影子都没见着。

“不会走错了吧？”

他停下来环顾四周。一眼就看到了熟透了的野草莓。天上掉馅饼了？鲁滨孙赶忙跑过去，一口气吃了个精光，嘴周围留下了一圈红色的草莓汁。

“嗯？什么东西？”

他感觉脚下软软的，有种不祥的预感涌上心头。

“难……难道是……蛇？”

原来真是蛇。鲁滨孙吓得后退了一步，结果又踩到了它身上。再看那条蛇，似乎已经生气了，吐着舌头爬到了他的脚背上。

“啊，怎……怎么办？”

慌乱之下鲁滨孙捡起树枝本想弄走它。没想到那条蛇飞速地将树枝缠住。黑黑的蛇恶心地蠕动着。据说蛇的颜色越鲜艳，越有毒。这是一条灰色、棕色掺杂着的发黑的蛇，应该没有毒。

鲁滨孙吓得一把扔掉了树枝，只可惜竟然扔在了脚下。那一刻，他的脑子里不断翻滚着解救自己的办法。

“怎……怎么办？装死吗？不行，那是遇

到熊的办法。要不爬树吧？也不行，蛇比我爬得还好。跳水里？可是这里也没有水啊。啊，怎么办啊！对，先沉住气……”

鲁滨孙的身体在往外渗着冷汗。突然，他灵机一动。

“有了，蛇不会向后退。”

鲁滨孙对视着蛇的眼睛，慢慢地向它的尾巴方向移动脚步。在转了180度后撒丫子就跑，边跑还边喊：“妈呀，救救我啊！”

一路上鲁滨孙不是被树枝划伤，就是被石头绊倒，他倒了再爬起来接着跑，直跑到觉得

夏天的野草莓

野草莓树是属于玫瑰科的1—2m高的落叶灌木。我们经常吃的草莓是结在春天，栽培在田地的草上的，但是野草莓都是结在山里树上的。野草莓果实主要是到了酷热的夏天才能看到，种类也繁多，树枝上还长有刺。

避蛇法
在山里或者田野上，都会遇到蛇。因为它们没有脚，所以在光滑的地面或者沙地里行走比较缓慢，遇到它们后可以跑。在上山的时候，响起铃铛或者在脚底涂上白矾可以避免蛇的接近。

蛇不可能追上来后才停下。

“呼，应该不会追过来吧？好恐怖的家伙！还是得洒洒烟灰呀。”

喘着粗气的鲁滨孙整理了一下背包带，又系了系鞋带。然后拿起烟灰，一边洒，一边上山。突然，草丛中蹦出个什么东西出来。

“妈呀！”

鲁滨孙吓得条件反射地抽搐了一下，向后倒去。

“嗯？是青蛙？”

看到原来是只青蛙，他的心才放了下来，但是心还在突突地跳着，不停地大口大口喘着气。但是，怎么这么奇怪？屁股底下软软的，还有难闻的气味。他赶紧站起来，可惜为时已晚，那坨排泄物已经结结实实地沾满了他的屁股，这是谁的呢？

“呵！老奶奶？”

厕所爆炸事件

换了内裤和裤子后鲁滨孙又爬了好长时间。这时，不远处传来了厚重的钟声，鲁滨孙气喘吁吁地停住了脚步。

“嗯，看来那里就是寺庙了，希望就在眼前！”

走进寺庙才发现它比想象中的要小要安静

许多。寺庙后面是竹林，竹林后面有古松林，院中的山茶树孤独地等待着开花季节的到来。在竹林里随时都能听到风吹过唰唰的清脆的响声。

这时间也是吃饭的点儿了，可是寺庙里却没有丝毫饭菜的气息。鲁滨孙很失望，肚子早已饥肠辘辘，迫切地想要食物。他一直用鼻子闻来闻去，在寺庙里东瞅瞅西看看。

“请问这位施主是？”

鲁滨孙吓得一哆嗦，转过头去，看到是一位面相仁慈的老住持。

“啊，您好。我是来旅行的学生。叫鲁滨孙。”

咕噜噜……

他的肚子发起了抗议。这个时候肚子里出声音让鲁滨孙觉得很不好意思，脸刷地红了。

“看来施主累了。先做午饭供奉吧。”

“供奉？我身上没有”

“呵呵呵，尽管随我来就是了。”

老住持把鲁滨孙带到一间禅房，房间一角有个小衣橱，里面放着叠好的被子，旁边有张茶桌、几本书，墙上还挂着僧服。不久饭菜便被端了上来，尽管只是一些简单的饭菜，但是味道还是蛮不错的。吃完后，老住持往碗里倒了点水，将米粒一粒一粒地弄下来后都喝进了肚子里。鲁滨孙也学着他的样子做了起来。

“嗝……”

鲁滨孙打着饱嗝走了出来，紧接着又要去另一个地方了。

被蛇咬了该怎么办？

1.让患者平躺。
2.必要时将伤口用干净的水清洗一下。
3.用绳子或毛巾将伤口以上5—10cm处扎紧，避免毒素扩散。如果有把握，就用刀切开伤口处，用嘴将毒吸出来。即便是不小心把毒咽了下去也不会被胃酸分解，所以无大碍，但是如果嘴里有伤口的话，就非常危险了。

饭钵供奉

佛教里给菩萨行礼，给施主的精神上、物质上的所有东西都叫做“供奉”。供奉有两种意思。第一是吃斋饭，第二是供奉菩萨的意思。饭钵供奉是指吃饭，在吃斋饭的时候不能出声音，也不能露出牙齿。

“吃饱了该去趟卫生间！”

老住持又带他去了卫生间，只见入口处写着“解忧所”。

“解除忧愁的地方。嗯，这名字真贴切。”

鲁滨孙一步迈了进去。

哇！一股强烈的刺激氨水味充斥着他的鼻子，感觉快要窒息了。他用纸巾捂住鼻子和嘴，同时也闭了眼睛。因为毒辣气息的刺激，眼睛都难以睁开。

“呼呼呼！”

他稍微小小地吸一下气，然后屏住呼吸，过一会儿再长长地呼一口气，如此反复了几次，嗅觉也变得迟钝了，比刚进来时感觉好多了。

“这里肯定好长时间没清理了，这味道真不是闹着玩的。”

噗通！

鲁滨孙的排泄物在过了好几秒后发出了落地的声音。

“哇，好像很深啊！要是掉进去肯定就爬不上来了。喂，喂，下面有人吗？”

他一边方便着一边向下面喊了几声。声音进入深渊形成了回音，在卫生间里回荡着。

这时，他突发奇想：像这样的卫生间估计会有大量的甲烷。听说甲烷易燃。如果在这儿点着火会怎么样呢？爆炸？不会整个卫生间都着火吧？要不试试？

在好奇心的驱使下，鲁滨孙翻着口袋寻找

着火柴，结果没有找到。

“怎么点呢？要是进厨房去拿，会被怀疑的……”

他静静地翻开记忆，想到了在无人岛的时候取火的情景。

“什么东西才能代替相机镜片呢？啊，对了，老住持的老花镜。”

鲁滨孙提上裤子急匆匆地跑到老住持的房间。真巧，他正好不在，老花镜就在桌上。

鲁滨孙一刻都不想浪费时间，拿起老花镜就跑到了太阳底下，将报纸放在铁簸箕上，让老花镜将太阳光聚在一起。五分钟，十分钟……时间一点点过去了。

一缕烟开始往上冒，紧接着纸着了。鲁滨孙端着带火苗的簸箕急速跑到卫生间。先深吸一口气，在打开卫生间门的那一瞬间，把火源扔了进去。

砰！

鲁滨孙被外面的吵闹声给弄醒了，睁开眼睛，发现自己躺在一张床上。

“哦，这好像是老住持的房间。我怎么会在这儿？”

鲁滨孙一脸疑惑，又听到外面很吵。打开房门，外面烟雾弥漫，隐隐看到僧侣们惊慌地跑来跑去。他知道了，肯定是刚才在卫生间点火出了事，然后不省人事了。估计是僧侣们听到声音把晕过去的自己送到这里来了。

为什么会打嗝呢？

打嗝是胃里的气体通过食道逆流到口腔时出现的现象。主要是吃完饭后会打嗝，这是因为在吃饭的时候与食物一起进到胃里的空气会再次排出来。喝水之后打嗝也是这个原因。而且喝了含有很多碳酸的饮料，如可乐、雪碧、啤酒等之后也会打嗝，这是溶在饮料里的二氧化碳以气体形式排出来的缘故。

厕所里真的能点着火吗?
排泄物，尤其是大便，会有特别难闻的味道。那是沼气（CH4）的味道。这个沼气也叫甲烷，是易燃气体。不仅是甲烷，甲烷类的碳氢化合物都易燃。所以厕所里的沼气如果长时间累积起来的话会很危险。

“嗯，看来真的着火了。”

鲁滨孙像是明白了什么原理似的点了点头。因为是亲自做实验得出来的结论，所以充满了自豪感。

僧侣们都纷纷抢救失火现场，完全忽略了他的存在，就连纵火人是他都不知道。

鲁滨孙背上背包，双手合十，对着僧侣们焦黑的秃头礼拜之后，悠闲地走出了寺庙。

“那他们这几天去哪儿上厕所呢？”鲁滨孙边下山心里边想着。

本来认为从寺庙下来走不了多久就能看到村庄，可是好几个小时过去了，却还在山里挣扎着。鲁滨孙已经筋疲力尽了，心想一旦在路上晕倒了就干脆不起来直接睡觉。可是一会儿过后，太阳也已经回家睡觉去了，四周暗了下来。似乎再有一会儿就能看到村庄了，可是越走就越觉得不对，因为这跟上山时候的路不一样。

“该不会是迷路了吧？”

鲁滨孙哭的心都有了，真是恶有恶报呀，真不该在寺庙厕所纵火来着，看来菩萨动怒了。

“该怎么走呢？万一遇到野猪，或者之前的那条蛇怎么办呀。”

从林里传来草虫的叫声，在这昏暗的林子里听上去声音很大，而且有些恐怖。白天茂密的草丛晚上看起来又黑又神秘，原本美丽的月亮在这里却变得那样诡异，像恐怖电影里的情节。会不会有狼嚎？影子越来越长了，感觉随时都会扑向他。

为了赶走恐惧，鲁滨孙大声唱起了歌。当然，也是他自己作词自己作曲随意编出来的。还别说，效果不错，恐惧感确实减轻许多。

“书上说，迷路的时候可以沿着小溪往下走。”

有了找到道路的好办法，鲁滨孙一时得意起来。但是接着问题就来了。

凸透镜与凹透镜

远视是物体的像在视网膜的后面形成而看不太清楚的情况。大部分是眼轴比眼球的曲率更短的时候形成的。所以配戴凸透镜以矫正视力。与此相反，近视看不清远处的物体，但是能看清近处的东西。这是眼轴的长度过长或者角膜后面水晶体的曲率过大所致，所以用凹透镜矫正视力。

草虫的声音
在白天喧闹不停的蝉渐渐安静下来，到了太阳下山的时候，草丛里会传来蚱蜢、蝗虫、蛐蛐等草虫的声音。这些草虫会一直从夏季末到秋天在草丛里活跃着，发出亲切的叫声。这些虫子鸣叫的原因主要是躲在草丛里向见不到自己的种群发出信号。雄性会发出威胁信号，还会给雌性发出自己位置的信号。

“水在哪儿呢？身边全是草虫的声音，根本听不到小溪的流水声啊。也不能像在无人岛时用木棍的影子辨别方向啊！”

为了找到小溪，他壮着胆走进茂密的草丛里去找，也小心翼翼地到有草虫声音的地方去看，结果都是徒劳。就在他一筹莫展的时候，想起来电视里曾介绍过的用来寻找水源的道具。于是，他掰了根Y形的树枝，抓起两端，朝着有感觉的地方走过去。

但是不知是因为这个棍子不科学还是使用方法不当，他拿着棍子走了半天也没听到丝毫水声。

“完了，真的迷路了。这可怎么办？”

鲁滨孙心力交瘁，扔了棍子，坐在地上望着头顶上的天空。在树叶的遮盖下，天空看起来虽小，却还能看到闪亮的星星，还是那么美丽。

“那是北极星。那是仙后座……哼，知道又有什么用，根本派不上用场。”

呱呱呱。

鲁滨孙正埋着头沉思时，不远处传来青蛙的叫声。

“什么嘛！那东西只会让人更加恐惧。哼！”

他捡起一块石头朝着青蛙声音的方向砸去。

噗通！

“嗯，水？”

他兴奋地跳起来，朝石头飞过去的方向跑

去。那里竟然真的有条小溪。

“哇，是水！水啊！这下好了，不用担心了，走出去只是个时间的问题了。青蛙，太感谢你啦！”

鲁滨孙激动得都想亲它一口。

“刚才青蛙叫的时候我怎么就没有想到呢，有青蛙的地方就一定有水。”鲁滨孙自言自语道。

月光洒在清澈的小溪上，溪水变得闪闪发光。已经渴得嗓子冒烟的鲁滨孙大踏步迈向水边，低下头刚要喝水，却被水里自己的倒影吓住了，一丝恐惧感让他头皮发麻。

“怎么这么阴森森的啊！”

他想站起来，却发现右脚拔不出来，就像有人在下面拉拽着他一样。

“啊，怎么回事？”

他想起了出门前看到的恐怖片。顿时，后背感到一丝寒意，身上起了一层鸡皮疙瘩。

“放开，放开！”

鲁滨孙左脚用力站着，右脚使劲往外拔，奋力在水里挣扎着。他的脸已失去了血色。可是很快他就发现，越使劲挣扎越往水里陷。

“妈呀！放开，快放开我啊！”

似乎真切感到死亡的来临，他哭了。不知用了多少力气，鲁滨孙的衣衫和头发已经被汗水浸湿。他的精神也失去了正常状态，满头湿漉漉的头发，像发狂的病人一样嚎叫挣扎着。那场面本身就是一个恐怖电影。挣扎了好一会儿，他已经失去了理性，身体和心理也不再受

青蛙为什么能不间断地呱呱叫个不停？

青蛙嘴的两旁有一个叫鸣囊的特殊的袋子，吸一口气之后不会立刻排出去，而是在鸣囊里存一会儿后用肺吸收其中的氧气，所以一口气可以多次发声。

韩国祭水鬼风俗的由来
韩国古人相信被淹死的人会变成鬼在水里等着，一旦有人下水就会把他拽下去。所以有人被淹死的话，为了防止他们变成水怪折磨人，就有了在河边吊祭这些死者，安慰灵魂的风俗。

他的控制，陷入了极度恐惧中。

最后，他双手抱住右腿，使出全身力气往上拔。结果砰的一声脚居然出来了。

噗通！

拔出脚的同时，鲁滨孙也掉进了水里。

"不会吧，只是夹在石头缝里了？"

经过这一折腾，鲁滨孙觉得很荒唐，浑身瘫软无力，虚脱地呆坐在小溪旁。

"啊，不能再待下去了，得赶紧下山。"

鲁滨孙站起身沿着小溪一直向下走去，直到看见了一片平坦的草地才坐下来休息。在小溪的陪伴下他已经不再那么害怕了。草虫的声音听着也显得格外亲切。越往下走，小溪越宽，看来快要到山下了。

这时，脚下的草地出乎意料地柔软。鲁滨孙开启应急灯，把头放在草比较厚的地方，轻轻地躺了下来。

"休息一会儿再走吧。"

他刚要闭上眼，就有东西把光挡住了。

哒哒哒。

才这么一会儿就飞来了各种蛾子，它们正围着应急灯扑棱扑棱地乱飞着，也不知都是从哪儿冒出来的。越来越多，被它们围得几乎快没光亮了。

"呃，呃，这是什么？是蛾子吗？你们这些恶心的家伙，给我滚远点儿！"

他挥动了应急灯想要把它们赶走，但是飞

蛾们很快将它们的身体紧紧地贴在灯上，丝毫没有掉下去的意思。

“可恶！你们这些莫名其妙的家伙竟然都来耍我。”

气得他直接把灯关掉了，一个人孤零零地在黑暗里坐着。这时，远处有一闪一闪的灯光。他高兴极了，终于有人出现了！

“喂，这儿有人！我在这儿！”

鲁滨孙一边喊一边向着有光的方向跑去。然而奇怪的是，每接近一步，那个灯光就远离他一步，再接近一步，又远离一步。怎么回事？

“我看错了吗？没有啊，这里分明有灯光的。”

回头一看，那边也亮起了同样大小的灯光。

“丛林里也有海市蜃楼吗？”

鲁滨孙又反过来去追那盏灯。

就这样他跑了几个来回之后，终于离光近了，这才猛然发现这些光亮的来源不是人手上的工具。

“嗯？原来是只虫子啊。”

鲁滨孙非常失望。

“是萤火虫！连你也来看我笑话，啊，真是罪不可赦！”

他本以为恐惧已结束，幸福即将来临，看来不是这样。他气得抓住一只萤火虫，用手轻轻捏了捏，还打了几下它的头，边打边观察着。

“这么小的家伙竟能发出如此亮的光！我

水是镇静剂？

水有着镇静的作用，所以对平息精神上的兴奋很有效。感到兴奋或者心里不安的时候可以喝一杯水，这样就能够静下心来。甚至有时只是听着水声就能静下来。还有这种情况：在某人不省人事的时候，往他脸上洒一些凉水就能立刻让他醒过来。

为什么夏天会有很多昆虫呢？

昆虫不能自己调节体温，所以在温度低的时候，不能正常活动。而夏天温度无论白天黑夜都很高，非常适合昆虫的繁衍生息，所以比其他季节数量都要多。温度甚至可以改变昆虫的作息规律，以前到秋天就消失的蚊子，现在到了初冬还会一直嗡嗡地飞，就是由于室内的温度变暖和的缘故。

看看这是哪儿发亮呢！哦，屁股。哈哈，大千世界无奇不有啊！”

萤火虫在鲁滨孙的掌心里一闪一闪地发着光，蠕动着。他的手也被照亮了。虽然是一只很小的萤火虫，却感觉周围都亮了起来。

过了一会儿，玩得没意思了，鲁滨孙放了它，枕着自己的胳膊又躺在了草地上。仰望天空，他想起了家，开始怀念妈妈的唠叨，怀念吹着热气的风扇，也怀念一直发泄不满的马顺。

“不知马顺现在干什么呢？”

唰……

起风了。一阵凉气透过衣衫钻进了他的身体。

“有点冷啊。”

拿过背包，鲁滨孙在里面翻着，看有没有什么东西能盖上点。正好手碰到在车站买的报纸。

“很多露宿街头的人不都是裹着报纸睡觉吗！说不定很暖和，总比什么东西都不盖强吧！”

打开已经皱皱的报纸，把它盖在身上，又躺了下来。报纸比想象中的还要温暖。

鲁滨孙望着天上的星星，开始思念着家，在不知不觉中睡着了。熟睡的脸上带着笑容，难道是梦见妈妈了？

不知睡了多久，鲁滨孙突然睁开眼睛醒了。

“啊？怎么睡着了？”

好像是被可怕的梦吓醒的，他看了看四周，大地依然还是很黑。萤火虫估计是回家了，一个亮光也没有。

鲁滨孙心里又紧张起来，想快点下山，就背起背包。刚要动弹，他看到前边隐隐约约有蓝色的光。他害怕却又心里好奇，用手摸索着慢慢地朝那个方向接近。那个光是从圆圆的小山坡上散射出来的。

“那又是什么光呢？怎么会在山坡上呢？”

想一探究竟的鲁滨孙赶紧找出应急灯，照向那个小山坡。

那个小山坡似乎非常眼熟，好像在哪儿见过。

突然，他瞪大眼睛，想到了什么。“莫非是……”又将灯光一点点挪向周围。

正如他所想的，周围也都是差不多大小的小山坡，一个土堆一个土堆，独立地存在着。

“这……这里是……坟墓？”

是的，他所在的位置就是墓地。

“妈呀，救命啊！”

鲁滨孙玩命儿地向下冲去。

逃命的时候他还想到了一个疑问。

“那个蓝光是什么？难道是从尸体眼睛里冒出的……”

“啊！”

他顿时毛骨悚然，简直快要疯掉了。他栽了一个跟头又一个跟头，恨不得就那样一直滚下山去。经过这段时间的奇遇，他心里已经是归心似箭了。

（欲知后面的故事，请继续阅读鲁滨孙的缤纷四季之旅系列“秋”篇）

印第安之夏

14世纪以前，在英国，一年只被分成夏和冬两个季节。春天是从16世纪开始的，秋天是从14世纪由一个诗人开始使用的。

所以对于夏天和冬天之间时期的名称也多种多样。“小夏天”、“迟缓的夏天”等。而在美国，这种暑热被称作“印第安之夏”。那是因为印第安人会在这时候侵入。

混淆不得的三个动物

蛤蟆、青蛙和蟾蜍

蛤蟆

特征　惊人的歌唱能力。在雨季里，呐喊般洪亮的叫声堪比世界级高音歌唱家。

外表　脸蛋向两边张开，嘴巴向前突出，还尖尖的。从外表看是非常有个性的动物。身长 4 厘米左右，有着椭圆形黑眼球，青色和黄色交杂的后背。而且快要爆炸的膨胀体型深受其他动物的羡慕。

三个丑兄弟？

优点　虽然长得有点难看，但是后腿比前腿要长出两倍多，所以擅长跳高。

习性　很害羞，一直隐居，直到雨季的时候才会跳出来。

家族 6—7 月份产卵，并且每 4 个左右的卵会组成一队漂流。

最不喜欢的事情　人类取笑他人的时候说那个人是癞蛤蟆。

注：在中国《现代汉语词典》中，青蛙、蟾蜍统称为蛤蟆。

蟾蜍

特征　像在跟谁赌气一样鼓鼓的肚子，以及像橘皮一样粗糙的皮肤。

外表　与青蛙很像，可能这样比较的话，它会不开心。身长 2—25 厘米。拥有健壮的身体，但是也有很丢人的短腿。

优点　可以从长在皮肤上的，一股股突起的小疙瘩里分泌毒液，使敌人的眼睛或者皮肤产生炎症，严重的会使敌人麻痹或者丧命（害怕了吧？）。这个是秘密，这些毒集中在眼睛后面的耳朵里。

习性　喜欢晚上活动，并且专门挑那些又阴又潮的地方。

家族　力所能及地产下几千至几万个卵。但是它有很多嫉妒它的敌人，所以它把产下的卵藏在水生植物体里面。

想说的话　大约 3 亿 6000 万年前最初登场的历史性动物就是我！

青蛙

特征　最有名的两栖动物。

外表　以非常顺滑湿润的皮肤为骄傲。后脚长有脚蹼，既能跳跃又能游泳。其中一些在往下跳的时候会张开像翅膀一样的东西。身长 2.5—30 厘米，种类繁多。雄性的咽喉附近有很大的体外发声袋。

优点　伪装术的天才。有些青蛙还可以随着周围环境变换自己身体的颜色。腹部是白色，这样，在水面上移动的时候会逃过水里敌人的眼睛。

家族　每年涨潮的时候产卵。为了让卵提高自立能力，产完后就放任它们自由。这些卵会自己聚集在一起漂在水面上或者贴在水草的根部。

最伤心的事情　一个叫牛蛙的家伙出现，败坏了青蛙家族的名誉。

现场追踪

夏夜只能眼睁睁看着蚊子如此肆无忌惮吗？

在酷热的夏夜，辗转反侧了好久之后，刚要入睡，这些蚊子就会出现，问也不问是否愿意献血，就不管大人、小孩、老人，也不管大腿、脚底甚至是令人耻辱地在屁股上狠狠地吸着血液！而且还附带给我们剧烈的痒。不能让它们这么肆无忌惮地欺负我们了。现在开始宣布对蚊子的战争！

直到今天，我们是如何受尽苦头的？

1. 被蚊子夺去金子般宝贵的血液后，竟然连个献血证书都没有。

2. 整个夜晚，痒得让人挠出了道道血痕，而且第二天会以布满血丝的眼睛起床，给人造成恐怖感。

3. 特别是被叮了眼睛的时候，不仅看不到物体，而且还因为搞笑的模样被大家取笑。此外当脚掌被叮了的时候，那种痛苦简直无以言表，谁被叮了谁知道。

4. 还有的时候，如果被蚊子叮了，就会被传染脑炎、疟疾等恐怖的疾病，危害人体健康。

蚊子只是为了自己好好活着才吸别人血的吗？

蚊子吸血的原因就是为了产卵。怀孕的母蚊子需要抚养卵，所以需要动物血液中的蛋白质。不仅如此，在吸血的过程中，为了防止血凝结，这些母蚊子还会在我们身上注入奇怪的唾液。这就是引起我们瘙痒无比的元凶。

蚊子并不是所有人都叮，真没想到令人不爽的蚊子竟然也区别对待我们人类。那么蚊子到底喜欢叮哪些人呢？

蚊子能敏感地感知到汗水，而且对从口中散发的二氧化碳非常敏感。所以蚊子喜欢的人是：

1. 喜欢穿赤色、蓝色、黑色衣服的人。蚊子能在距离你7米的时候就区分出颜色来，然后扑上去。所以要想少挨叮，就穿一些颜色比较亮丽的衣服吧。

2. 喜欢有汗味以及体温高的人。

3. 喜欢化妆品和氨水的混合味道，即放屁的味道。蚊子能在20米以外的地方就闻出来，并且扑上去。（为了防止放屁，绝不一起吃大麦、红薯、牛奶和鸡蛋。）

4. 比起一动不动的人，更喜欢黏在移动的人身上。

我们的对策方案

1. 喷洒杀虫剂或者点蚊香（最直接，但是对人体也有害）。

2. 利用电苍蝇拍（电击时发出的啪啪声很令人解恨）。

3. 杀死一只蚊子后，摘下它的脑袋挂在大厅里。（路过的蚊子一旦发现，就会落荒而逃，信不信由你。）

4. 利用超声波（蚊子们最不喜欢频率为300—400MHz的声波了）。

5. 做个真人标本之后仔细观察（知己知彼方能百战不殆）。

观察日记

夏天，昆虫的生态

蝉

①我开始是一个卵，但是后来变成了蛹，在脱了5次“衣服”之后才变成了现在的模样。在地底下生活2—5年，甚至13—17年，可是一旦成为蝉后，只能活2周左右。呜呜……

②你问我为什么鸣叫吗？这是为了诱惑雌性的禅。蛐蛐儿、蚱蜢等是通过摩擦翅膀或者摩擦腿发出声音的，而我是通过肚子里的一种构造发声的。很特别吧？

③你说我最近声音变大了？那是因为我是蚱蝉。本来我的声音就很大。而且由于环境污染，我的天敌，如鸟、蜘蛛、螳螂等都消失很多了，所以我特别开心。

苍蝇

①我的翅膀本来是4个。由于后面的翅膀总是用不到，所以慢慢地就变成白色的肉了，不过这块白色的肉可以维持我身体的平衡。如果除掉我的翅膀，我也能响出嗡嗡的声音，这是因为我的后翅膀还能震动。

②看我像不像蜘蛛侠呢？任何地方我都能贴上去，即使是很滑的玻璃窗。问我怎么做到的？嘿嘿，告诉你吧。我的腿尖上有分泌油的毛，这些可以起到挂钩的作用，所以不会滑下去。

③问我是不是做错了什么，所以才搓着脚？没有。如果脚上粘了灰尘就会经常滑下去，所以搓脚是为了排尘。再告诉你个秘密，我的脚还可以用来尝味道哦！

萤火虫

①我叫萤火虫。我能活 1 年左右。从卵变成幼虫，再变成蛹，然后到我 6 个月大的时候我才会变成帅气的萤火虫。但是成年之后只能活 15 天。问我吃什么？我只吃短沟蜷和露水，生活在干净的地方。

②我发光的原因是我尾巴上的发光细胞里有个叫荧光素的化学物质，呼吸时吸进去的氧气能把荧光素氧化，从而发出蓝色的光。用这种光可以跟朋友交谈，还可以用这光来交女朋友。并且，最大的好处是这光还不烫。

③我的朋友聚集到 200 只左右时，人类就能借我们的光读报纸。古时候，有人会抓我们用来照明读书，或者放进南瓜盅里做南瓜灯。

飞蛾

①我只在夜里活动，但是因为太暗了，分不清哪儿是哪儿，所以只要是有光的地方我就飞向那里。但是最近闪亮的光线太多了，所以有点混淆。我会画着渐渐缩小的圆圈，飞向亮处，不过也经常会因为失误而碰到灯泡或者被蜡烛火苗烫死。

②我与蝴蝶不同。蝴蝶是在白天活动，而我是在夜间。蝴蝶的颜色鲜艳，而我的颜色则有点幽暗。蝴蝶休息的时候会叠起翅膀，而我休息的时候则会张着翅膀。蝴蝶有棒槌一样的触角，但是我的触角是笔直得像羽毛一样。

③我主要吃观赏用的树、灌木或者棉花、玉米、番茄等农作物的汁水，我们也是为了生存才如此的，并不是故意要损害人的利益的。可悲的是，偶尔我的有些朋友也会因食用这些而中毒的。

美术馆旁边的植物园

夏天的野花

1. 风铃草

夏夜，散步在海边的草丛里，能看见一个个挂在枝叶上的紫色灯笼一样的花，叫做风铃草，它的模样像风铃上的小钟，似乎能立刻响出清脆的铃声一般，因此而得名。

风铃草一般株高为 50 厘米左右，长着毛茸茸细毛的花底色为紫色，有的颜色更深点。花朵的长度有 3–5 厘米，叶子是扁长的椭圆形。8 月盛开的风铃草的花语是“善良的人永不变”。

2. 沙参花

8—9 月份，沙参花在丛林里的树荫处绽开美丽的紫色花朵。

即便是轻微的风也会让它摇来摇去，外观就像摇响的铃铛。株高 40–100 厘米，叶子为椭圆形或者披针形，叶底呈圆形，边缘成锯齿状。偶尔还有开白色花的白色沙参。

3. 睡莲

睡着的莲花就是睡莲，是在池塘里绽放的美丽花朵。

这种花早晨绽放，晚上就收缩在一起，根长在水下的泥土里，叶子与花朵都在水面漂浮着。

它是多年生植物，在6—8月绽开白色或者粉红色的花朵。睡莲的花语是“纯真的心灵”。

4. 向日葵

夏天的另一个太阳，故乡是北美洲大陆。画家梵高非常喜欢并且经常画的花朵。

向日葵是秘鲁的国花。因为它可以反射紫外线，所以周围容易聚集昆虫，它属于葵花类的一年生植物。

5.锦囊花

山里深处的草地上挂得到处都是锦囊花，因为它的外形像心脏，又像美丽的口袋，所以被取名为锦囊花。

株高为40—80厘米之间，在5—7月开花。它是多年生植物，花色是浅粉红色，偶尔有白色花。但是与可爱的外表不同，它具有毒性。

锦囊花的花语是“跟随你”。

6. 捕蝇草

一听这有趣的名字就知道它有什么功能了。它的叶片是最主要并且明显的部位，当有昆虫落上去的时候，它就能迅速地关闭叶片捕食昆虫。外观明显的刺毛和红色的无柄腺部位好似张牙舞爪、张着血盆大口的怪兽。捕蝇草被誉为自然界的肉食植物。

捕蝇草周围总是黏黏的，那是因为花枝分泌黏液的缘故。

这样一位植物界的猛者，生长在江边或者海边，培育基质也很特别，是泥炭、水苔、珍珠岩、沙等。它是多年生草本植物，花朵有大拇指指甲那么大，是红色或者白色的。捕蝇草的花语是“陷阱”。

7. 耧斗菜

别名：血见愁、白果兰。生长于山地路旁、河边或潮湿草地。6—8 月份绽开有褐色光泽的紫色花，花朵的模样像老鹰的爪子。

散发着土腥味的青翠色的耧斗菜，株高超过 1 米。它之所以别名叫血见愁，就是因为它能调经止血，对功能性子宫出血、产后流血过多等都有神奇的治疗疗效。耧斗菜的花语是“胜利”。

8. 石竹花

古代，韩国商人和百姓用做头冠的花。

花色有紫红、大红、粉红、纯白、红色、杂色，单瓣 5 枚或重瓣，花的前端为锯齿状，具有微微香气。花瓣阳面中下部有黑色美丽环纹，盛开时瓣面如碟闪着绒光，绚丽多彩。被风吹晃动的模样非常优雅。

花期为 4—10 月，在深山里 7—8 月份开花，是多年生植物，株高为 50—100 厘米左右，花轴很细但是有节。

石竹花的花语是“爱的拒绝”。

9. 月见草

月见草和昙花一样，夜间开放，但是到了太阳升起的时候，就与月亮告别，收起花瓣。它适于点缀夜景。由于它香气宜人，故别名“夜来香”。在静夜的月光下，阵阵幽香令人神清气爽，越是到深夜，它的花香就越浓。

这种花是两年生植物，一年生植株高60—90cm，二年生植株高100—140厘米。有尖端凹下的四个花瓣，一眼看去好像有八个花瓣。枪形状的叶子从花枝里层层长出。月见草自播能力强，经一次种植，其自播苗就可每年自生，开花不绝。

月见草的花语是“默默的爱、不羁的心”。

10. 朝鲜百合

在阳光明媚的花丛中，有只像在诱惑蜜蜂似的花朵，名字叫做朝鲜百合。

朝鲜百合为多年生球根草本花卉，身上长满了细细的毛。花生于茎秆顶端，呈总状花序，簇生或单生，花冠较大，花筒较长，呈漏斗形喇叭状，六裂无萼片，茎秆纤细，花朵大，开放时常下垂或平伸。

朝鲜百合，因品种不同而色彩多样，多为黄色、白色、粉红、橙红，有的具紫色或黑色斑点，也有一朵花具多种颜色，极美丽。花瓣有平展的，有向外翻卷的。向外翻卷的有“卷丹”的美名。

6—8月份绽开的朝鲜百合，花语是“华丽”。

夏日的水果与蔬菜

葡萄

粒粒都很饱满的葡萄原产地是中亚，是西汉时传入到中国的。它的颜色越深，颗粒越大，味道就越甜。如果葡萄颗粒容易掉下来，皱皱巴巴的，说明是放了很久的不新鲜的。一般尝一下一串葡萄最下端的那颗就知道整串葡萄是不是甜的了。

葡萄的主要成分为葡萄糖与果糖，是很有效的疲劳恢复剂。葡萄干矿物质丰富，而且有助于生病或痊愈之后的体力恢复和预防贫血。

桃子

上面毛茸茸的细毛看起来有点害怕，但是它比葡萄或者西瓜要更早地传入到中国。

新鲜上等的桃子一般为整体红彤彤的，长有均匀的细毛。而且果肉柔软，水分较多。挑选的时候不能用手按压。

桃的叶子对治疗痱子溃烂处非常有效。古人们认为桃子有益于肺，所以经常煮着或者蒸着吃。另外，桃子还可以治疗便秘。

甜瓜

果皮呈黄色，果肉呈白色，味道甜美，汁水丰富。甜瓜果皮光滑，颜色深黄，而且纹路明显。一般个头比较小，呈椭圆形，有点坚硬还带点香气的甜瓜最好吃，也最甜。甜瓜放得时间越长，水分流失越多，所以用报纸裹住保管比放进冰箱里更好。尚未熟透的甜瓜把儿，可以治疗恶心、呕吐等症状。甜瓜不仅解渴，还有助于治疗便秘，而且对嘴和鼻子上长出的疔疮治疗也是非常有效的。

西瓜

切开西瓜的瞬间就忍不住流口水，看着西瓜就感到清爽。

要说最好吃的西瓜当属底部凹进去，用手敲的时候发出清脆声音，而且黑色斑纹明显的。

西瓜也是水果。它尤其对早上起不来的懒虫很有效。因为吃了西瓜就睡觉的话，第二天会因为想上厕所而早早起床。西瓜有益于经常浮肿的人，而且对有眩晕症的人也有辅助治疗的功效。将西瓜的果皮晒干之后熬着吃，有助于患有高血压的人降压，是天然的降压药。

附录 实验室

1. 制作美丽的蝴蝶标本
2. 饲养甲鱼
3. 乘坐水火箭向着宇宙出发！
4. 去抓蛐蛐儿
5. 种植牵牛花
6. 夏季皮肤保养秘诀

实验室 1 制作美丽的蝴蝶标本

1. 制作蝴蝶网

①用粗一点的铁丝弯制成圆形的轮廓。圆越大，抓住蝴蝶的可能性也就越大。但是千万不要太大了，那样挥动起来很费劲，做成适合自己大小状态的就可以了。

②网的材料最好是柔软、透气性好而且透明的。

2. 采集蝴蝶

①一旦抓到蝴蝶，从网里拿出来的时候一定要小心。蝴蝶的翅膀是非常脆弱的，力气过大，翅膀上的鳞片就脱落了。

②所以在将蝴蝶拿出来之前，先在外面压蝴蝶的胸，使其晕过去。这样再拿就不会伤到蝴蝶的翅膀了。

③把手伸进网内，抓住晕过去的蝴蝶的胸，拿出来后放进做成三角形（将方形的羊皮纸对折呈三角形）的羊皮纸（或者透明的薄纸）里。

④之所以用三角形的薄纸来保管蝴蝶，就是为了避免伤到它翅膀上的鳞片。所以千万不能忘记，纸一定要薄要软。

⑤蝴蝶放好后，再将三角形薄纸放入铁盒或者皮盒子里保存起来。

3. 蝴蝶标本

采集完成之后，要以其本来的模样来进行干燥。

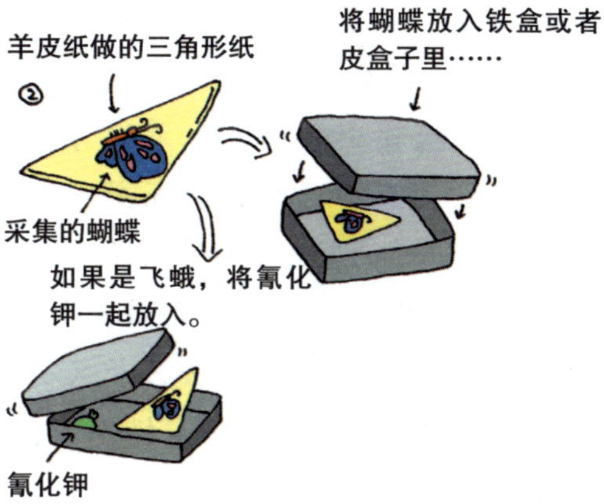

把蝴蝶的翅膀展开后烘干，这一步骤叫做“展翅”。

①将所需要的道具提前准备出来，其中有展示板、昆虫别针以及针。

②将蝴蝶放在展示板上，将昆虫别针插进蝴蝶的胸中央，将其固定。然后再把展开的翅膀固定，最后再把副翅膀叠在主翅膀三分之二左右的地方固定起来。

③待整个蝴蝶被固定好之后，用针小心地将蝴蝶的触角拉直，再拿棉球将腹部拖住。如果你有兴趣的话，可以写上某人在某地抓到蝴蝶的记录。将蝴蝶展出后，放在没有虫子和灰尘的阴凉地方进行干燥。一般经过2—4个星期的干燥期，你就可以看到一个完美的蝴蝶标本了。

实验室 2 饲养甲鱼

1. 甲鱼是什么动物呢？

甲鱼主要生活在河底，有黏土的小溪或者池塘里。

如果你无法将甲鱼跟乌龟区分开的话，那么只要记住这几点特征就能轻松区分了。

首先，可以先从背壳的图案来看。背壳上有几个六角形板块的是乌龟，没有分开的板块而是一个整体的话就是甲鱼。其次，再看贝壳的坚硬度。乌龟的龟壳整体很坚硬，但是甲鱼龟壳的边缘则有点柔软，壳面较光滑，呈深绿色，无花纹。最后，看相貌。甲鱼的头又长又尖，嘴端还有两个圆圆的鼻孔，有牙齿。乌龟的头呈椭圆形，嘴上有硬喙，无牙齿，头及四肢都有花纹。

2. 养甲鱼的方法

①首先准备一个能养鱼的鱼缸，鱼缸底部放点沙子，可以再种点水草。不要忘了垒上几块石头，让甲鱼爬上去呼吸。

②倒水至鱼缸三分之二左右，放进甲鱼后一定要盖上鱼缸口，以免甲鱼逃跑。如果没有盖子，就罩上网。

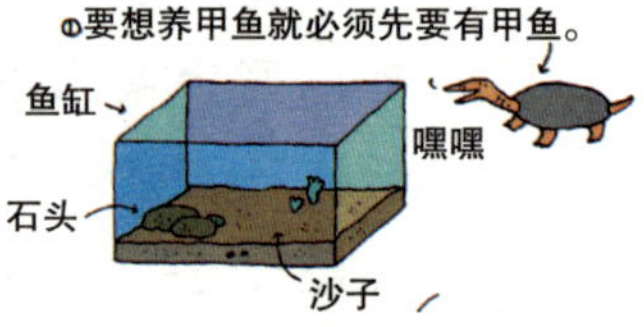

③甲鱼是食肉动物，喜欢吃活的新鲜的食物。所以养甲鱼的时候最好给它喂养泥鳅、小鲤鱼或者生长在淡水的虾、蝌蚪等。不过仅仅有这些还是不够的，甲鱼也需要全面的营养，可以给它一点你吃剩下的面包屑、饼干渣、香肠或者油脂少的肉或者蔬菜等。然后一两天再喂它一次饲料，它吃剩下的饲料要及时打扫干净。

3. 注意点

①甲鱼拥有锋利的牙齿和爪子，如果直接用手抓它，一不小心很可能就会被它咬到。所以你要是想拿它上来的话，就用网。

② 如果水温过低，它就不会移动，只会慵懒地在那里睡觉。如果水温过高，那它可就永远地睡过去了，所以水温要适当，最好维持在 20—25℃之间。

③如果甲鱼的排泄物把水污染了，那就赶紧给它换盆干净的。要记住，换完水之后一定要用香皂把手洗干净。

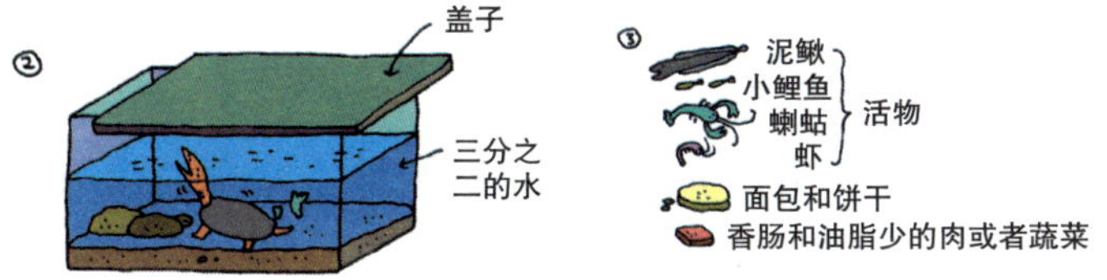

实验室 3 乘坐水火箭向着宇宙出发！

1. 准备物品

塑料瓶 3 个，剪刀或者刀 1 把，透明胶 1 个，市场里卖的弹头（HEAD）和机翼，喷油嘴。

2. 制作方法

① 将塑料瓶按下图所示的那样剪出来。注意，一定要沿着塑料瓶底部的凹槽去剪，那样的话不容易剪歪斜。

② 将没剪的塑料瓶 B 放进剪好的塑料瓶 A 中，再用透明胶将两个塑料瓶贴在一起。这里需要注意的是，必须让两个塑料瓶在一条直线上。

③ 将市场里卖的弹头（HEAD），套在剪好的塑料瓶 A 上面，再用透明胶固定住。这里需要注意，弹头跟塑料瓶要呈一条直线。

④ 在没有剪的塑料瓶 B 瓶口套上喷油嘴。

⑤ 再剪一个新的塑料瓶 C，留下中间部位至底部稍微突出的地方。最好先用红笔标一下需要剪的地方，然后笔直地剪出来。

⑥ 将新剪出来的塑料瓶 C 套在有喷油嘴的塑料瓶 B 里面，再用透明胶将其固定。C 就是贴机翼的地方了，所以要注意呈一条直线。

⑦ 最后将从市场买来的机翼精确地呈 90° 贴在四个方向。水火箭的制作就完成了。

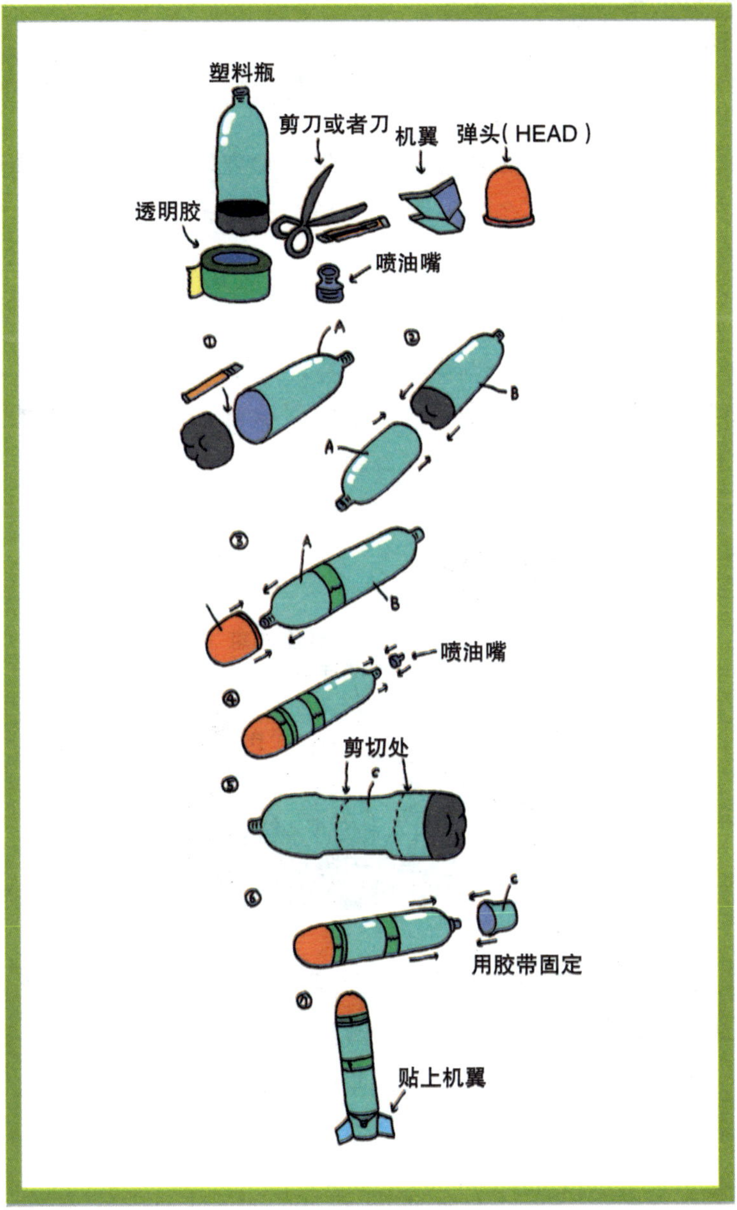
塑料瓶
剪刀或者刀
机翼
弹头(HEAD)
透明胶
喷油嘴
①
A
②
B
A
③
A
B
喷油嘴
④
剪切处
⑤
c
⑥
c
用胶带固定
⑦
贴上机翼

实验室 4 去抓蛐蛐儿

夏天的夜，草丛里总会传出唧唧唧唧的叫声，那是蛐蛐儿在叫。那么，怎么抓？如何养呢？一起来了解一下吧。

1. 抓蛐蛐儿

要想直接用手就把蛐蛐儿抓到，是很不容易的。如果你听到声音往草丛里走的话，没等你到跟前，蛐蛐儿就逃之夭夭了。所以就得用葱来引它上钩。

①将棍子的一端拴上绳子，再往绳子上拴一根葱或者洋葱作为诱饵。将这个拿到蛐蛐儿经常出没的地方。

②一旦有蛐蛐儿爬到葱上面，就得小心地将棍子拿上来。

③小心地拿住有蛐蛐儿的棍子，带蛐蛐儿到不能逃跑的地方，然后抓住它。

2. 养蛐蛐儿

① 在鱼缸里铺上10厘米左右厚度的土，种下稻草或草类植物之后，用铁丝网把鱼缸口盖上。当然也可以把蛐蛐放进昆虫箱子里饲养。蛐蛐儿需要独自放进去，因为同时放进几只的话，会让他们互相争斗或者吃掉对方。

② 蛐蛐儿的食物可以是黄瓜、南瓜等蔬菜或者苹果、梨等水果。也可以给它提供磨碎的鳀鱼或者其他小鱼为食。

③ 食物要每天更换一次。因为剩下的食物会发霉，蛐蛐儿吃的话会生病。

④ 箱子要放在通风好并且阴凉的地方。为避免箱子里的土变得干燥，需要经常喷点儿水。

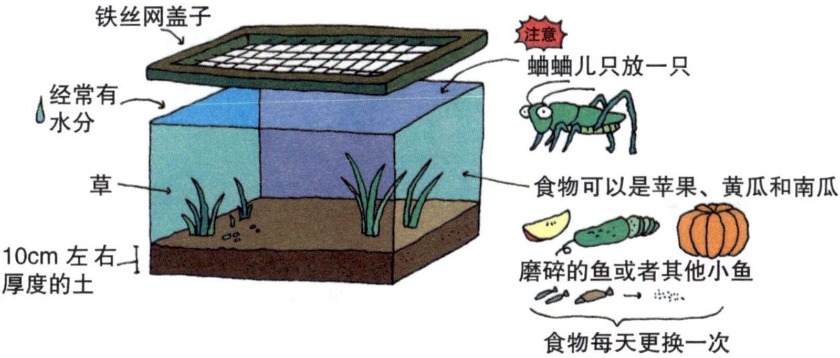

实验室5 种植牵牛花

牵牛花每年到了6月份就会发芽，并且开始长藤。将开始长藤的牵牛花移植到花盆中，然后慢慢观察花藤的变化吧。

1. 为避免移植过程中损坏牵牛花的根，可以用长铁条深深地插入土中，将牵牛花的根与周围的土一并移植到花盆中。

2. 牵牛花早上和白天都需要浇水。浇水的时候要浇到花盆底下漏水即可。如果水温低的话，土的温度也会下降，这会影响牵牛花的生长，所以要放在有阳光照射的地方浇水。每10天左右施一次花肥。可以直接从花店里买来花肥或者用平时淘米的淘米水。

3. 在牵牛花旁边放一个竹子类或其他材质的支架，让藤能爬到支架上面去。

4. 给每朵花挂上名签，以记录开花后的颜色。

5. 当牵牛花充分成熟后摘下种子，烘干后用纸包起来保管好。千万不能直接放进塑料袋里保管。否则种子会因受潮而烂掉。

竹子
S 字形
的铁丝
60 cm
铁丝
从上面看

为避免损坏牵牛花母种的根，可以将牵牛花的根与周围的土一并弄出来移植到花盆中。
早上和白天都要浇水。浇水的时候要浇到花盆底下漏水即可。
不可以浇过凉的水
每十天施一次肥

实验室 6 夏季皮肤保养秘诀

1. 在毒辣的太阳下玩耍后回来发现全身变得通红

——这是因为皮肤受到了过强的紫外线刺激而引起的晒伤或灼伤。夏季我们从海边或者游泳池出来的时候，身上会留有汗水的盐分、沙子或者游泳池水中的氯等有害皮肤的化学成分，这需要用温水冲洗干净。注意清洗过程中不可以用力擦洗皮肤。

——皮肤被强烈的紫外线晒伤或灼伤起皮的时候，不能因为不好看或者瘙痒而故意把皮揭掉。这样有可能会给皮肤带来刺激，留下疤痕，所以最好是让受伤处的皮肤自然脱落。

2. 脸和后背皮肤被晒伤或灼伤的止痛法。

——冷敷皮肤

①用冷毛巾冷敷

将浸过水的毛巾放进冰箱里冷冻片刻后，取出来盖住整张脸，轻轻地按住毛巾。

②冰敷

如果让冰块直接接触皮肤的话，会刺激皮肤。所以需要用塑料袋裹住冰块，这样还可以防止融化的水流出，然后用纱布裹住后再敷在脸上。

③冰凉的爽肤水

将爽肤水放进冰箱里降温后，用棉球蘸点涂抹在疼痛处。

3. 脸烧得通红或者长了黑雀斑

——用水果或者蔬菜做自制面膜

①自制葡萄面膜

将葡萄去了皮与里面的核捣碎成泥状，倒入香油搅拌均匀，然后在脸上涂抹。过一段时间面膜干掉之后，用清水洗净，这样就可以有效消除雀斑了。

②自制土豆面膜或者黄瓜面膜

先将土豆或者黄瓜去皮切块，捣碎成泥状。再将面粉放入土豆或者黄瓜泥中，搅拌均匀，直至糊状。然后涂抹在皮肤上，在面膜上盖上纱布，10—15 分钟之后，再用清水洗净脸即可。这样不仅可以减缓脸部皮肤的红肿，还可以起到美白的作用。

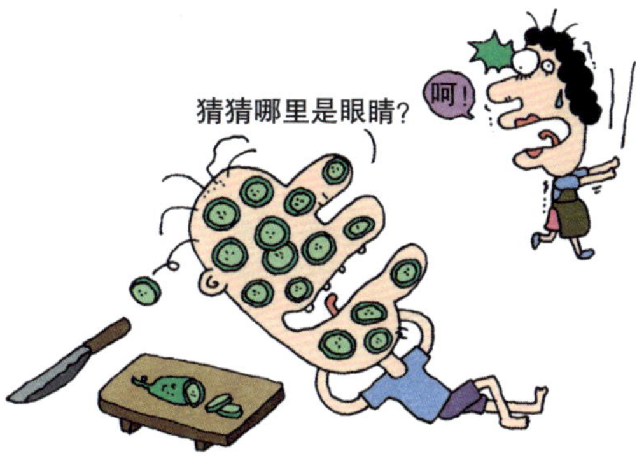

图书在版编目（CIP）数据

冒险去，鲁滨孙！：缤纷四季之旅. 夏 /（韩）咸允美，（韩）文慧真，（韩）许文善 著；（韩）李宇逸 绘；千太阳 译. —北京：东方出版社，2013.2
（韩国鲁滨孙故事集）
ISBN 978-7-5060-6093-6

Ⅰ. ①冒…　Ⅱ. ①咸… ②文… ③许… ④李… ⑤千…　Ⅲ. ①儿童故事—作品集—韩国—现代　Ⅳ. ①I312.685

中国版本图书馆CIP数据核字（2012）第032719号

冒险去，鲁滨孙！缤纷四季之旅：夏
（MAOXIANQU, LUBINSUN! BINFEN SIJI ZHILÜ: XIA）

作　　者：[韩] 咸允美　文慧真　许文善
绘　　图：[韩] 李宇逸
译　　者：千太阳
责任编辑：张　欢
出　　版：东方出版社
发　　行：人民东方出版传媒有限公司
地　　址：北京市东城区朝阳门内大街166号
邮政编码：100706
印　　刷：北京博艺印刷包装有限公司
版　　次：2013年3月第1版
印　　次：2013年3月第1次印刷
印　　数：1—6000册
开　　本：880毫米 × 1230毫米　1/32
印　　张：5.5
字　　数：129千字
书　　号：ISBN 978-7-5060-6093- 6
定　　价：26.00元
发行电话：（010）65210056　65210060　65210062　65210063